FERNANDO TRUJILLO SANZ es un escritor madrileño, nacido en 1973, que comenzó su carrera literaria como un pasatiempo con el que entretener las horas de insomnio. El año 2010 supuso una vuelta de tuerca en su trayectoria, ya que empezó a publicar sus historias en el mercado digital. En poco tiempo, *El secreto del tío Óscar* y *La última jugada* escalaron puestos hasta encabezar las listas de libros digitales en la categoría de suspense y misterio. También ha publicado *El secreto de Tedd y Todd*, *La Biblia de los caídos* y, en colaboración con César García Muñoz, *La prisión de Black Rock* y *La guerra de los cielos*. Sus novelas son ahora de las más vendidas en español en formato digital.

El secreto del tío Óscar fue publicada por B de Books (sello digital de B), gracias a lo cual llegó a todas las plataformas de venta *online* de libros, copando durante meses las listas de más vendidos. Su fichaje causó sensación en el mundo literario español, pues por primera vez una editorial apostaba por una nueva generación de escritores independientes autopublicados.

Otros protagonistas de esta innovadora aventura editorial que lleva al papel los grandes *bestsellers* digitales son los escritores César García Muñoz, Antonia J. Corrales, Blanca Miosi, Esteban Navarro, Bruno Nievas y Armando Rodera.

1.ª edición: mayo 2012

para el sello B de Bolsillo
Consell de Cent, 425-427 - 08009 Barcelona (España)
www.edicionesb.com

Printed in Spain
ISBN: 978-84-9872-643-5
Depósito legal: B. 12.296-2012

Impreso por NEGRO GRAPHIC, S.L.
Comte de Salvatierra, 309, 5-3
08006 BARCELONA

El secreto del tío Óscar

FERNANDO TRUJILLO SANZ

1

Lucas dio un pequeño salto al oír su nombre en el testamento. Fue un acto involuntario, no se lo esperaba. Tampoco el resto de la familia. Uno a uno, sus parientes fueron volviendo los rostros hacia él, salvo su abuela, que se había quedado medio sorda, la pobre, y no había oído una sola de las palabras, serias y aburridas, con las que el abogado había procedido a leer el reparto de bienes.

Lucas notó que la tensión se iba concentrando en su persona, sobre sus hombros. Era una sensación agobiante y pesada, y su nerviosismo aumentó. Parecía que él era el único que no había prestado atención al discurso del abogado, cuya voz no había sido más que un murmullo de fondo hasta que pronunció su nombre. En ese instante, Lucas dejó de observar a los perros a través del amplio ventanal que daba al jardín y se volvió hacia el interior del salón.

Había acudido allí para apoyar a su padre y al resto de la familia, pero en ningún momento se le había pasado por la cabeza que su tío Óscar le hubiese dejado nada en herencia. A juzgar por las miradas que le arrojaban sus parientes, no era el único que pensaba de ese modo. Lucas intentó disimular su vergüenza por haber sido sorprendido de espaldas al resto de la familia. Buscó ayuda en su padre, pero se asombró al encontrar sus ojos apuntándole de un modo extraño debajo de un ceño fruncido. Se apartó de la ventana rezando para que algo sucediese. Cualquier cosa, con tal de que acaparase el interés general.

—¿Puede repetir ese último punto? —preguntó Sergio al abogado con una nota de irritación en la voz.

Sergio era el mayor de los hijos del difunto Óscar. Tenía veintidós años, tres más que Lucas, y era un niño mimado que acostumbraba a abrir la boca y soltar lo primero que se le ocurriese sin considerar las consecuencias. A Lucas no se le había pasado por alto la fugaz mueca de desprecio que su primo le había dedicado al dirigirse al abogado. Era evidente que estaba enfadado. Mal asunto. Con todo, agradeció la pregunta que había hecho. Así podría enterarse del motivo de que todos estuviesen pendientes de él.

—Por supuesto —dijo el abogado, indiferente. Su calma estaba forjada por la experiencia de innumerables situaciones legales en las que se habían producido confrontaciones familiares. Su misión era dejar perfectamente claro el reparto de los bienes que había dispuesto el difunto. Las disputas que se originasen no le incumbían—. Veamos... Por último, cedo mi Volkswagen Escarabajo del ochenta y uno a mi sobrino Lucas —leyó, esforzándose en vocalizar adecuadamente.

De nuevo la familia atravesó con los ojos al favorecido sobrino. Lucas se encogió de hombros. Estaba tan asombrado como el resto, tal vez incluso más. Su relación con su tío Óscar siempre había sido bastante superficial. En los últimos años, solo habían coincidido en reuniones familiares y apenas habían intercambiado un frío saludo. No tenían casi nada en común, ni siquiera la pasión por los coches, lo que acrecentaba el misterio en torno al inesperado legado.

Todos los miembros de la familia habían oído alguna historia de aquel coche. Lucas no era una excepción, aunque nunca había mostrado mucho interés por el tema. Era un clásico o algo así. Un modelo de hace casi treinta años sobre el que su tío había volcado una respetable cantidad de su limitado tiempo libre. El valor sentimental que se adivinaba en el Escarabajo era incalculable, lo que llevó a Lucas a reflexionar sobre otro detalle, mucho más importante.

Óscar era un hombre inmensamente rico, que contaba con varias empresas y propiedades de enorme valor. Ahí debería de haber recaído toda la atención, en el dinero, no en un coche. Eso es lo natural.

—¡Es imposible! —estalló Sergio—. Tiene que ser un error.

Lucas estaba de acuerdo con su primo. Entendía que a Sergio le indignase que algo que su padre apreciaba tanto no fuese para un hijo. Tuvo el impulso de acercarse al abogado y preguntarle si podía renunciar al Escarabajo, pero su primo se levantó bruscamente y dio un paso hacia él con gesto amenazador. No cabía duda de que estaba furioso. Habría pelea.

El hermano de Sergio, Rubén, se apresuró a intervenir. Se interpuso en su camino y le sujetó por los hombros. Varios familiares se levantaron y se arremolinaron alrededor de Sergio.

Lucas perdió de vista a su primo entre el revuelo de cuerpos y las voces apaciguadoras. Sacudió la cabeza sin comprender nada. ¿Tanto suponía el Escarabajo para Sergio? Debía de haber algo más. Puede que el reparto del resto del patrimonio de Óscar también hubiese estado salpicado de imprevistos y su primo se hubiese ido cargando de rabia poco a poco. El Escarabajo no podía medirse con el imperio económico de su tío. En cualquier caso, Lucas registró mentalmente la lectura de un testamento como una actividad potencialmente peligrosa y se juró que nunca volvería a distraerse.

La calma se fue restableciendo poco a poco. Sergio abandonó el salón y los demás fueron volviendo perezosamente a sus asientos. Los cuchicheos brotaron de grupos aislados de dos o tres personas que comentaban ansiosos sus impresiones respecto de la herencia.

A Lucas no le apetecía hablar. Se quedó junto a su padre, quien le resumió los detalles del reparto de bienes. Prácticamente todo había recaído en los hijos de Óscar, Sergio y Rubén, y en Claudia, su mujer y hermana del padre de Lucas. El hermano de Óscar también había recibido una parte considerable de la empresa. A Lucas todo aquello le pareció muy razonable y muy esclarecedor al mismo tiempo.

—¿Nadie más ha recibido nada? —preguntó algo alarmado.

—Solo tú —contestó su padre, confirmando sus temores.

Lucas era el único que había obtenido algo sin ser un familiar directo. Ni siquiera los hijos de Jaime, el hermano de Óscar, que sí contaban con un lazo de sangre con el difunto, se habían llevado algo. Era todo muy confuso.

Sintió el repentino impulso de largarse de allí cuanto antes. Pronto dejarían de limitarse a observarle y empezarían a hostigarle con todo tipo de preguntas indiscretas. En la familia había verdaderos especialistas en insinuaciones y dobles sentidos. Además, en el fondo, Lucas no sentía dolor por la muerte de su tío. Sí le apenaba ver a la familia abatida, sobre todo a su padre, quien sufría por su hermana Claudia, ahora convertida en viuda. Hasta cierto punto, era normal que no acusara una tristeza tan profunda como la de sus primos, por ejemplo, dado que apenas mantuvo relación alguna con Óscar en vida... ¿O es que él era un ser frío y distante que no albergaba emociones para un familiar que acababa de fallecer? Examinó su interior en busca de una aflicción más intensa, algo más acorde con los rostros sombríos de sus parientes que le permitiese sentirse más próximo a ellos. No encontró nada.

Óscar había muerto en un accidente de tráfico a la edad de cincuenta y dos años. Se salió de su carril y colisionó con un autobús que circulaba en sentido opuesto. La tragedia de la muerte y su juventud habían desatado la desolación de la familia.

El abogado consideró que ya era hora de volver al trabajo y requirió con mucha educación una firma por parte de los herederos. Lucas esperó cuanto pudo y finalmente se acercó a la mesa intentando actuar con normalidad. Firmó a toda prisa donde el abogado le indicó. Solo quería volver junto a su padre y dejar de ser el centro de atención.

—Un momento, por favor. No tan rápido —pidió el abogado. Lucas se detuvo y se volvió hacia él—. Esto es suyo, señor. —Lucas tomó un juego de llaves que le tendía amablemente el abogado—. Puede recoger el vehículo en el garaje.

—Gracias —murmuró Lucas con algo más de esfuerzo.

Regresó a su silla y fingió no darse cuenta de que hubiese alguien más allí. Cuando las voces formaron de nuevo un murmullo general, Lucas se levantó y fue a calentar sus manos en la chimenea.

El salón del lujoso chalé de Óscar y Claudia estaba muy concurrido. Los numerosos parientes revoloteaban de un lado a otro admirando la decoración y dejando caer comentarios cargados de envidia, que se estrellaban contra el suelo como si fuesen bombas. La onda expansiva de varios de ellos llegó hasta los oídos de Lucas mientras el joven luchaba por ignorarlos. No estaba interesado en la valoración de la herencia que sus parientes iban a descuartizar sin piedad con sus afiladas opiniones.

Lucas cogió el atizador y empezó a remover las brasas, distraído. Notó un golpe en la pierna, por detrás de la rodilla.

—Mil perdones, caballero —dijo una voz.

Lucas vio un bastón negro rebotando torpemente entre sus rodillas. Dio un paso atrás y reconoció a su dueño. Era un anciano bajito que se hacía llamar Tedd. Lucas no sabía su apellido, juraría que nunca lo había escuchado. Su padre se lo había presentado hacía unos años como un amigo de la familia. Tenía el pelo blanco y muy largo, y siempre lo llevaba sujeto en una coleta. Un velo blanquecino cubría sus dos ojos, privándole de la vista, de ahí su inseparable bastón. Si no recordaba mal, Tedd acostumbraba a negar su ceguera, y no le gustaba que se mencionara en voz alta. Era todo un personaje. Había sido un gran maestro del ajedrez en sus tiempos, o eso le habían dicho a Lucas, pero esos tiempos debían de ser muy lejanos a juzgar por las profundas arrugas que surcaban su rostro.

—No ha sido nada —contestó Lucas, haciéndose a un lado.

Tedd se acercó a la chimenea. Lucas dudó si brindarle su ayuda.

—Un coche magnífico, muchacho —dijo el anciano.

—Eso creo —dijo Lucas—. No lo he visto, pero he oído hablar de él. Tengo entendido que Óscar lo apreciaba mucho.

—Más de lo que puedas imaginar —confirmó Tedd—. Apuesto a que era su posesión más preciada —añadió en un susurro, en tono conspirador—. Todavía recuerdo cómo se iluminó su cara cuando lo vio por primera vez.

—¿Estaba usted con él?

Tedd afirmó con la cabeza.

—Naturalmente. Fui yo quien se lo regaló.

Luego dio un paso y tropezó con un tronco que estaba tirado en el suelo. Lucas le agarró por el brazo para evitar que se cayese. Entonces reparó en un fabuloso reloj de pulsera que llevaba en la muñeca. ¿Para qué querría un ciego un reloj?

Lo olvidó y se centró en lo último que había dicho Tedd.

—Siendo sincero, estoy muy sorprendido —dijo Lucas, sintiendo que no le correspondía quedarse el Escarabajo. Era evidente que algún abogado había metido la pata con el papeleo y el coche había ido a parar a sus manos erróneamente—. Puede que deba quedarse usted con el coche si era suyo. No entiendo por qué Óscar querría entregármelo a mí.

—Yo tampoco, pero sus razones tendría. Nunca he dudado de Óscar. Si él quería que tú tuvieses el Escarabajo, así debe ser. Que nadie te haga pensar de otro modo, muchacho —afirmó el anciano con mucha seguridad.

Lucas asintió poco convencido. Tedd inclinó levemente la cabeza apuntando con los ojos hacia una posición indeterminada y se fue tras un camarero que cargaba con una bandeja llena de bebidas. Lucas le vio sortear dos sillas por el camino sin que su bastón llegara a detectarlas y luego chocar de lleno con su prima Elena, que era tan ancha como una mesa de billar.

El servicio estaba distribuyendo todo tipo de aperitivos. En pocos minutos las conversaciones subieron de tono y el ambiente se impregnó de los matices propios de una fiesta. El padre de Lucas mantenía una conversación agitada con un primo de Óscar y una mujer que Lucas no conocía, pero que imaginaba era su esposa por el modo en que estaba enroscada al brazo de su acompañante.

Media hora más tarde, y después de un incómodo interrogatorio acerca del coche por parte de uno de sus primos lejanos, Lucas tropezó mentalmente con la escapatoria que estaba buscando. Era increíblemente sencillo: el Escarabajo. Ahora tenía coche propio. No necesitaba esperar a su padre para marcharse de allí y, de todos modos, tenía que llevarse el Escarabajo. Se despidió rápidamente de su padre, que seguía charlando con el primo de Óscar. Luego se deslizó intentando pasar inadvertido entre la gente hasta dar con su tía Claudia.

No podía irse sin despedirse de la viuda. Claudia estaba sentada en un sofá con su hijo Rubén. Había perdido algo de peso, o eso le pareció a Lucas. Sus ojos miraban desenfocados a su alrededor y sus movimientos eran demasiado lentos. Aun así, a Lucas le pareció que aguantaba razonablemente bien, dadas las circunstancias. Verla allí, sin terminar de derrumbarse, hizo que se sintiese mal por sus deseos de largarse cuanto antes. Seguramente ella era la primera que preferiría marcharse y tumbarse en la cama, pero permanecía donde debía, sin rechistar. Por lo menos a Sergio no se le veía por ninguna parte.

Lucas dio un abrazo sincero a su tía, que terminó con un fuerte beso en la mejilla. Después, estrechó la mano de Rubén. Su primo le dijo que no se preocupara por Sergio, que todo había sido una bobada provocada por los nervios y la tensión. Lucas asintió satisfecho y les transmitió sus mejores deseos.

El mayordomo de la familia condujo a Lucas al garaje. Era un tipo alto, vestido con un traje impecable y con la espalda más recta que Lucas había visto hasta el momento. Se había dirigido a él con un refinado «Si el señor tiene la bondad de seguirme». Lucas no estaba acostumbrado a unos modales tan exquisitos.

Al abrir la puerta del garaje, Lucas se quedó impactado con su herencia. Era difícil creer que aquel coche contase con casi tres décadas. ¡Estaba mejor cuidado que el de su padre! Se había imaginado algún cacharro antiguo, de línea cuadrada, y medio oxidado, en el que su tío invertía su tiempo para conseguir que arrancase de nuevo, como un reto personal. La fabulosa estampa que tenía ante sus ojos no podía distar más de esa idea. El Escarabajo era una preciosidad de color negro que cautivó a Lucas inmediatamente con su línea suave y redondeada. Estaba lleno de personalidad. Lucas vio un rostro magníficamente esculpido en el diseño del frontal. Sus ojos, perfectamente redondos, le contemplaban con una fuerza sobrecogedora, magnética.

Se acercó lentamente al Escarabajo, como si tuviese miedo de espantarlo y que huyese. Saboreó con la vista cada una de las curvas que adornaban su silueta mientras lo rodeaba para verlo por detrás.

No llegó a completar el círculo alrededor del coche.

Había algo tirado al otro lado... ¡Eran dos piernas! Lucas rebasó el Escarabajo y encontró a su primo Sergio en el suelo, inconsciente.

—¡Busca ayuda! —le gritó al mayordomo.

Lucas no sabía qué hacer. Se puso muy nervioso. Le vino a la cabeza la idea de que no era bueno mover a un herido. Claro que no sabía qué le había pasado a Sergio, tal vez no estaba herido. Se agachó junto a él e intentó averiguar en qué estado se encontraba su primo. No había sangre en el suelo. El pecho se movía, respiraba.

Antes de que tuviese que decidir qué más hacer, el mayordomo regresó con ayuda. Claudia, Rubén y su padre entraron en el garaje apresuradamente. Lucas explicó que habían encontrado así a Sergio, pero el mayordomo ya se había ocupado de informarles. Su padre palpó el cuerpo de Sergio en varios puntos, en una especie de examen físico rudimentario.

—No encuentro nada anormal, salvo que está inconsciente —concluyó—. No tiene nada roto. Respira y tiene pulso.

—¿Lo ves? Está bien, mamá —observó Rubén, abrazando a su madre para intentar que se calmase—. Deberíamos llevarle dentro.

Claudia se deshacía en sollozos en los brazos de Rubén. Sus manos temblaban y miraba a Sergio con los ojos muy abiertos.

—Es lo mejor —dijo el padre de Lucas—. Habrá sido la tensión acumulada. Llevémosle a la cama y que descanse. Llamaré a un médico para que venga a verle por si acaso, aunque seguro que no hace falta —añadió, mirando a su hermana.

Levantaron a Sergio y se lo llevaron. Lucas acompañó a Claudia, que cada vez parecía más frágil. Al cruzar la cocina les envolvió una nube de familiares preocupados, que les costó un poco atravesar. Dejaron a Sergio en su cuarto y Lucas vio a su padre intentando consolar a Claudia.

Ya no había nada que pudiese hacer de utilidad, así que Lucas decidió irse. Regresó al garaje y se metió en el Escarabajo a toda velocidad, como si temiese que algo más pudiese retrasar su partida.

El interior del vehículo estaba impecable. La tapicería era de cuero. Óscar tenía que haber trabajado muy duro para conservarlo en ese estado. ¡Hasta olía a nuevo! Lucas admiró unos segundos el Escarabajo desde dentro. La palanca de cambios era un tubo negro coronado por una bola del mismo color. El salpicadero era sencillo comparado con los de los vehículos modernos, pero aun así, le resultó agradable y cálido. Definitivamente, era mucho más de lo que había esperado. Introdujo la llave y giró el contacto.

El motor arrancó a la primera. Lucas posó el pie delicadamente sobre el pedal del acelerador y el Escarabajo contestó con un suave ronroneo. Salió del garaje y disfrutó de su nueva adquisición conduciendo por las calles de la Moraleja. Escudado en aquella virguería, Lucas ya no desentonaba con aquel lujoso barrio del norte de Madrid.

Sergio despertó en una cama que tardó en reconocer como la suya. Se removió bajo el edredón y se dio cuenta de que había alguien en la habitación con él. Le dolía la cabeza y sus oídos zumbaban de un modo muy molesto.

—¿Qué tal estás? —preguntó Claudia, dándole un abrazo.

Sergio asintió pesadamente. Intentó librarse del abrazo de su madre pero era más fuerte de lo que había supuesto, o él estaba muy débil.

—No le agobies, mamá —dijo Rubén—. Acaba de despertarse.

—¿Qué ha pasado? —preguntó Sergio, sentándose al borde de la cama con muchas dificultades. Se mareó un poco—. Me va a estallar la cabeza. Necesito una aspirina.

Su madre se la dio con un vaso de agua.

—Toma, cariño —Sergio se metió la aspirina en la boca y se bebió el vaso de golpe—. Verás que enseguida te encuentras mejor.

—¿No recuerdas qué te ocurrió? —preguntó Rubén—. Te encontramos tirado en el garaje, sin sentido.

Sergio se frotó la frente. Pensar suponía más esfuerzo que de costumbre.

—¿Cuánto tiempo llevo inconsciente?

—Algo más de una hora, una siestecita de nada —contestó su hermano, intentando sonar despreocupado. Claudia tomó la mano de su hijo y se quedó observándole con gesto protector—. El médico te examinó y encontró un buen chichón en ese melón que tienes sobre los hombros. Poca cosa. ¿Cómo te lo hiciste?

Ahora Sergio tenía el ceño fruncido y se estaba palpando la cabeza. Los recuerdos comenzaron a emerger del torbellino de confusión que era su mente.

—Me dieron en la cabeza...

—¿Cómo que te dieron? —preguntó Rubén, alarmado—. ¿Te refieres a otra persona? ¿Seguro que no resbalaste o algo parecido?

—Eh..., dos veces —prosiguió Sergio con los ojos desenfocados, esforzándose en recordar—. Me caí al suelo con el primer golpe... y me volvieron a dar.

—¿Quién fue? ¿Quién te atacó?

—Yo... fui al Escarabajo. No pude abrir la puerta, entonces acerqué la cabeza para mirar a través del cristal. Estaba vacío. De repente, sentí el primer golpe en la frente y caí al suelo de rodillas. Apoyé las manos y empecé a levantarme cuando otro porrazo mucho más fuerte me tumbó de nuevo.

—¡Pero ¿quién fue?!

—La puerta se abrió sola y se estrelló contra mi cabeza... dos veces. Fue el coche —razonó Sergio—. El Escarabajo me atacó.

2

Llevaba casi cinco meses yendo a la facultad en metro y autobús.

Era lunes, muy temprano, y Lucas, por primera vez, se había despertado con una tímida sonrisa en los labios. El odiado madrugón de cada día había quedado retrasado media hora larga. Ahora era el feliz propietario de un flamante Escarabajo y ya no tenía que valerse de una combinación óptima de los diferentes medios de transporte público para acudir a la universidad. Aquello suponía treinta deliciosos minutos extra para retozar en la cama, arropado por su suave edredón de plumas y resguardado del frío de febrero, que esperaba implacable para abalanzarse sobre él.

Se vistió deprisa y desayunó más deprisa aún.

Nada más terminar, se puso el abrigo y salió a la calle. Lucas enterró las manos en los bolsillos y empezó a caminar arrojando nubes por la boca. Se reconfortó pensando en la calefacción del coche.

Llegó a la esquina y se extrañó de no ver el Escarabajo. Juraría que había aparcado allí la noche anterior. Miró a ambos lados de la calle. Nada. Ni rastro del coche. Una sensación de alarma se disparó en su interior. Lucas se obligó a mantener la calma. Lo único que ocurría era que no recordaba dónde había aparcado, nada más. Solo era cuestión de ejercitar un poco la memoria. Entonces vio la señal de dirección prohibida y recordó que se había tropezado con ella al salir del coche. El Escarabajo debería estar a pocos metros de la señal, justo enfrente de donde se encontraba él en ese instante, pero no era así. Su coche había desaparecido.

Un pequeño brote de pánico se adueñó de él. ¡Le habían robado el coche! Debería haber alquilado una plaza de garaje. Era un modelo muy llamativo y, con toda seguridad, algún ladrón se habría fijado en él. Después de todo, ¿con qué frecuencia se veía un Escarabajo del ochenta y uno en perfecto estado? Solo lo tenía desde hacía dos días y ya se había quedado sin él. Y encima llegaría tarde a clase, claro que esto no le trastornaba especialmente.

Estaba a punto de abandonar cuando captó un brillo metálico sobre una superficie negra algo más alejado, en una calle perpendicular. Se acercó a grandes zancadas.

Enseguida tropezó con la inconfundible mirada del Escarabajo. Se fijó en su rostro de acero mientras se aproximaba y entonces creyó percibir, por primera vez, que el coche le sonreía. Sí, el parachoques delantero dibujaba la línea de unos labios que cruzaban el semblante del Escarabajo de oreja a oreja. Lucas le devolvió la sonrisa y entró en el coche. Una sensación de alivio le inundó, desterrando los nervios y el miedo que había experimentado ante la idea de perder su Escarabajo. No volvería a olvidar dónde lo dejaba. Lección aprendida.

Poco después, Lucas se estaba enfrentando a un temible enemigo: el tráfico de Madrid. No sería una pelea fácil. Estaba inmerso en un río de vehículos que fluía con inevitable lentitud a esa hora de la mañana. A pesar de todo, se sintió muy animado al darse cuenta de que no eran pocos los conductores que torcían sus cuellos descaradamente para admirar la línea de su singular Escarabajo. Era un coche único.

En la parsimonia del atasco Lucas pensó en la suerte que había tenido. Aprobó el carné de conducir a la primera, lo que le supuso una alegría enorme para su orgullo. Se había apuntado a la autoescuela antes de cumplir los dieciocho años para poder examinarse en cuanto cumpliese la mayoría de edad. Obtenido el permiso, solo faltaba un detalle: el coche. Y eso ya no era un problema. La única pega al afortunado hilo de acontecimientos era haber conseguido el Escarabajo mediante una herencia, pero ya no se podía hacer nada a ese respecto.

Tuvo que dar un frenazo algo brusco. La calzada estaba colapsada y todos los vehículos detenidos a lo largo de los tres carriles. Los pitidos le rodearon desde todos los ángulos. Miró al conductor que estaba en el carril adyacente.

—¡Que está en verde, subnormales! —le oyó gritar a pesar de estar las ventanillas subidas. Golpeaba el claxon tan fuerte que Lucas pensó que terminaría rompiéndolo—. ¡Algunos tenemos que trabajar, inútiles!

Instintivamente, Lucas le imitó y empezó a aporrear la bocina de su coche intercalando improperios que no iban dirigidos a nadie en concreto. Experimentó una sensación curiosa... era un adulto. Se sintió mayor.

Recordó la primera vez que había fumado un cigarrillo. Tenía catorce años recién cumplidos y cuando por fin logró dar un par de caladas seguidas sin toser, le invadió esa misma sensación, la de ser como «los mayores». No entendió entonces por qué fumar resultaba placentero y tampoco entendió ahora por qué desgarrarse la garganta berreando reportaba algún beneficio. Desde luego, los coches seguían parados. En cualquier caso, era indudable que él se sentía más maduro. Se imaginó a sí mismo conduciendo hacia su despacho, donde tomaría decisiones importantes derivadas de las responsabilidades que debería afrontar para mantener a flote su empresa. Al llegar, colgaría la americana en el respaldo de su butaca de cuero y comunicaría a su secretaria por el interfono que no le pasara llamadas, mientras miraba la foto de su mujer y sus hijos que tenía sobre la mesa. Después encendería su portátil y...

—¡Mueve ese trasto de una vez! —gritó alguien.

Esta vez se dirigían expresamente a él. Lucas salió de su ensimismamiento y reparó en que los coches se movían de nuevo. Levantó la mano en gesto de disculpa y aceleró hasta alcanzar los prudentes veinte kilómetros por hora a los que circulaba todo el mundo.

El aparcamiento de la facultad estaba repleto. No había caído en que necesitaba encontrar un lugar donde dejar el coche.

Pasaron veintitrés tensos minutos hasta que tropezó con una plaza que se había quedado milagrosamente libre. El ajustado hueco se encontraba en una calle estrecha de un solo carril con los coches aparcados sobre las aceras. Lucas rebasó el espacio libre, paró el Escarabajo junto al siguiente vehículo para estacionar marcha atrás y empezó a recular. Por segunda vez tuvo que frenar en seco. Un coche llegó por detrás y no se detuvo, saltándose la distancia necesaria para que él pudiese maniobrar, e introdujo ligeramente el morro en su plaza. Estaba impidiéndole meter el coche deliberadamente.

Lucas aporreó el claxon en signo de protesta con la misma rabia que exhibían los conductores en el atasco anterior. No se había pasado más de veinte minutos dando vueltas en busca de un hueco para que ese listillo se le colase tan descaradamente.

—¿Quieres apartar el coche? —gritó por la ventanilla—. ¡Yo estaba primero!

El otro coche no se movió.

Sonaron pitidos de protesta de los vehículos que aguardaban en fila desde atrás. El entrometido retrocedió finalmente, sacando el morro. Lucas se apresuró a meter el Escarabajo. No era precisamente un conductor experimentado y le costó un esfuerzo considerable aparcar marcha atrás, sobre la acera. Tuvo que salir y volver a intentarlo mientras los pitidos tronaban, impacientes. Cuando lo logró, cogió su mochila y se bajó.

El campus no había cambiado de un día para otro. Daba igual acudir en coche o en metro, pero Lucas se sentía especial aquel día. No tenía claro lo que su agitado estado emocional le había hecho esperar, pero que todo permaneciese inalterado le resultó extrañamente decepcionante.

—De modo que eras tú el que me ha quitado el sitio —dijo una voz desagradablemente familiar.

Era Gabriel. Un estudiante de tercero con el que ya había rozado anteriormente. Un auténtico imbécil. El incidente con el aparcamiento concordaba perfectamente con su personalidad. Gabriel era un chico alto, más de metro noventa, y apuesto, según se rumoreaba, cosa que a Lucas le sentaba fatal. Tenía un carácter conflictivo y Lucas sospechaba que era el tipo de persona que disfrutaba con el sufrimiento de los demás.

—No te he quitado nada —dijo Lucas—. Yo llegué antes.

—Y encima con ese cacharro —apuntó Gabriel, rodeando el Escarabajo. Lo estudiaba con el ceño fruncido, fingiendo interés—. ¿Cuántos años tiene? ¿Cincuenta? No me extrañaría que hubieses traído caballos para tirar de él.

—Te da envidia porque es un modelo con clase, original, no como el tuyo.

Lucas intentó que no se notase lo sensible que estaba respecto al Escarabajo. Sería infantil perder la paciencia porque alguien insultase su coche.

—Debes de estar de guasa —se burló Gabriel—. Apuesto a que esa antigualla no pasa de ochenta.

—Estoy convencido de que el tuyo corre mucho más —repuso Lucas con desgana—. ¿Por qué no te vas a echar una carrera por ahí? Seguro que hay un montón de gente a la que le encantaría hablar contigo de coches. No es mi caso.

—No te vayas tan deprisa —dijo Gabriel. Lucas reconoció el tono desafiante de su voz—. Aún no me has contado de dónde has sacado tu nuevo carruaje.

Al volverse, Lucas vio a Gabriel sentado sobre el capó del Escarabajo. Acariciaba uno de los espejos retrovisores mientras hacía ostentación de una sonrisa provocadora. A su lado estaban dos de sus amigos, como siempre. Esa era la razón de su actitud fanfarrona.

—¿Qué tal si te apartas de mi coche? —preguntó Lucas en tono firme, pero controlado.

Demostrar el menor atisbo de miedo sería como prometerle un festín a un hambriento. Gabriel se cebaría al sentirse superior y no le dejaría tranquilo hasta conseguir humillarle o quizás algo peor. Los recién llegados amigos de Gabriel sonrieron. Uno de ellos se sentó sobre el Escarabajo. La rueda se hundió un poco bajo el peso.

—No te pongas nervioso, Lucas —dijo Gabriel—. Solo queremos charlar un poco contigo.

Lucas detectó la tensión en la mirada de su oponente. Gabriel se relamía con una situación tan ventajosa. Tres contra uno. No se irían sin antes divertirse un poco. Lucas ardía en deseos de gritarles que se alejasen de su coche, pero sabía que era absurdo manifestar su nerviosismo. Era lo que ellos querían, solo serviría para provocarles unas fuertes carcajadas.

Lo único que se le ocurrió fue permanecer en silencio, lo más inexpresivo posible, a la espera de la siguiente burla, a ver cómo conseguía esquivarla sin salir demasiado mal parado. La impotencia le estaba corroyendo por dentro.

Una mano se posó sobre su hombro y alguien se puso delante de él.

—Muy mal, Lucas. Te he dicho muchas veces que no hables con anormales. Les cuesta mucho entender las cosas, y cuanto más altos, más acentuado es su retraso mental.

Una ola de alegría recorrió a Lucas al escuchar aquella voz. Era afilada y suave, con una gran tendencia a saltarse los límites de la educación y a dotar a su dueño de una personalidad... contundente. Era la voz de Carlos, el mejor amigo de Lucas. Tenía la misma edad que Gabriel, aunque Carlos seguía en primero de carrera. Era más bajo que Gabriel, pero más corpulento. Su pelo moreno había empezado a retirarse de la frente, dejando a la vista unas prominentes entradas que le hacían parecer mayor de los veintidós años que tenía.

—Me alegro de verte, Carlos —dijo Lucas, dejando escapar un suspiro de alivio.

—¿A quién llamas anormal? —preguntó uno de los amigos de Gabriel en tono amenazador.

—¿Ves a lo que me refería? —dijo Carlos—. Ni siquiera saben cuándo les insultas. ¡Pobrecillos! —ignoró al que había hablado y se encaró con Gabriel. Lucas se apresuró a ponerse a su lado—. Veamos si lo entiendes. Ese no es tu coche —le dijo a Gabriel, hablando muy despacio, como si se tratase de un extranjero con problemas de idioma—. Te conviene levantarte ahora mismo o tus dientes corren el riesgo de empezar a caerse de uno en uno.

Nadie se movió durante unos segundos. Gabriel sostuvo la mirada de Carlos sin amedrentarse, mientras sus amigos le miraban en busca de alguna indicación que les permitiese saber qué hacer. Carlos ni siquiera pestañeó. Apretó los nudillos hasta que se tornaron blancos y mantuvo los ojos clavados en los de Gabriel, a quien tenía enfrente, a solo un palmo de distancia. Lucas no tuvo la menor duda de que, si estallaba una pelea, el primer puñetazo lo iba a recibir Gabriel, y no sería flojo.

Gabriel pareció llegar a una conclusión similar.

—Como ya he dicho, solo queríamos charlar un poco con Lucas. No veo por qué tienes que ponerte así, Carlos.

—Discúlpame, entonces —repuso Carlos, fingiendo estar arrepentido—. Pero seguro que Lucas prefiere charlar exclusivamente contigo, no con tus secuaces.

—¿Ese es el problema? —preguntó Gabriel, sorprendido—. Malinterpretáis nuestras intenciones. No hay por qué tener miedo de que seamos tres, no buscamos camorra. Eso es cosa tuya, Carlos. Eres un broncas y crees que todos somos igual que tú.

Carlos mostró una sonrisa deslumbrante, pero no aflojó la presión de sus puños.

—Genial. Entonces, ¿a qué esperáis para apartaros de su coche?

Gabriel se levantó casi inmediatamente e hizo una torpe reverencia.

—Ya está. ¿Lo ves? —dijo con un tono cargado de ironía. Hizo un gesto con la mano y sus amigos se retiraron del Escarabajo—. Solo tenías que pedirlo con educación. ¿De veras buscas pelea por tan poca cosa? Eres un perturbado.

Lucas agarró a Carlos por el brazo antes de que pudiese replicar. Gabriel y sus amigos ya se marchaban.

—Déjalo estar. No ha pasado nada y ya se van.

—No soporto a ese imbécil —dijo Carlos—. Siempre tenemos algún tropiezo con él.

Lucas decidió no hacer comentarios. Carlos tenía razón, pero no quería contribuir a que la rabia de su amigo siguiese creciendo. Después de todo, no había llegado a pasar nada. Por una vez, quería tener la fiesta en paz.

Según Carlos, que era un experto gracias a los tres años que llevaba en la universidad, y en los que apenas había pisado el suelo de una de sus aulas, Gabriel tenía esa manía a Lucas por ser amigo suyo. Carlos le había contado que en su primer año de facultad se acostó con la novia de Gabriel y desde entonces nunca se habían llevado bien, lo que a Lucas le pareció razonable, a pesar de tratarse de su amigo.

—Olvídate de él —dijo Lucas—. Vamos a clase que aún puedo aprobar casi todas las asignaturas.

—¿Todavía sigues con eso? ¿Cuántas veces tendré que repetirlo? Limítate a aprobar una o dos asignaturas para que no te echen, tres como mucho.

—No empieces de nuevo, ya lo hemos discutido muchas veces. No somos iguales. ¿De verdad que no te va a dar vergüenza cuando lleve más asignaturas aprobadas que tú, siendo dos años menor?

—¿Vergüenza? Pena, tal vez. Y eso suponiendo que apruebes. ¿Sabes lo que nos espera después de la universidad?

Lucas lo sabía, al igual que la respuesta que Carlos esperaba de él.

—Trabajar.

—¡Exacto! —dijo Carlos, triunfal—. ¿Para qué darse prisa en dejar todo esto? ¡Hay que estar mal de la cabeza! —Lucas se encogió de hombros. Intentar convencer a Carlos de lo contrario era una de las formas más absurdas de perder el tiempo—. ¿Una partidita?

—Quiero ir a clase —insistió Lucas—. Ya jugaremos a mediodía el torneo.

—Pero si la clase empezó hace media hora —dijo Carlos con una sonrisa. Lucas miró su reloj y comprobó que tenía razón—. No es culpa mía. Vamos a la cafetería a tomar un café. Hace un frío de mil demonios.

—Maldición. He tardado más viniendo en coche que en transporte público. Entre el atasco y la escasez de aparcamiento, es imposible llegar a tiempo.

—Por cierto, no me has contado de dónde has sacado esa pasada de coche. No creo que sea muy bueno para ligar, pero es un modelo muy chulo.

Mientras cruzaban el campus, Lucas le contó los detalles de su inesperada herencia. Carlos le hizo cantidad de preguntas acerca del Escarabajo, que le sirvieron a Lucas para darse cuenta de lo poco que sabía de coches. Decidió cambiar de tema. Por suerte, pocas cosas eran más fáciles tratándose de Carlos.

—Creo que no deberíamos usar las señas falsas en la partida de hoy —dijo Lucas, simulando estar preocupado—. Me han dicho que nuestros adversarios son muy buenos. No podemos arriesgarnos a perder en cuartos de final.

—¡De eso ni hablar! —se atragantó Carlos. Insinuar que su técnica al mus no era la mejor era un golpe descomunal a su orgullo—. Escúchame bien, mis señas falsas son las mejores. Vas a hacerlas exactamente como hemos practicado y nadie se dará cuenta. ¡Y no seas ingenuo! Todo el mundo lo hace. No son trampas, es el estilo universitario del mus.

—Si eres tan bueno, ¿por qué no has ganado ningún año?

—Mis compañeros eran malísimos —explicó Carlos muy seguro de sí mismo—. Se ponían nerviosos y terminaban metiendo la pata. Tú hazme caso a mí. Mantente tranquilo y yo me encargaré de molestar a nuestros contrincantes hasta que pierdan ellos la calma.

—Está bien. Pero voy a ir a las siguientes clases antes de la partida —aseguró Lucas en tono firme.

Carlos solo tuvo que insistir unos cinco minutos. Le metió en la cafetería con la excusa de tomar un café y antes de que se lo terminasen ya estaban repartiendo cartas.

—Es solo para calentar —le había prometido Carlos.

Lucas no fue a una sola clase en todo el día. En realidad ni siquiera salió de la cafetería. Se pasaron toda la mañana jugando al mus. La conciencia le dio un par de molestas punzadas a media mañana, pero al final, la labia de Carlos fue más convincente.

—Tengo que ver a Silvia —dijo Lucas después de terminar una partida—. Voy a ofrecerme a llevarla a casa. Es lo menos que puedo hacer ya que le voy a tener que pedir una vez más los apuntes.

—¡Eh, que soy yo! —repuso Carlos—. Conmigo no tienes que disimular. Esa chica te gusta. No busques excusas y lánzate de una vez.

—¡Que no es eso! Necesito los apuntes para estudiar. Y es precisamente por tu culpa. Si no me liases... Silvia es una chica maja, nada más.

—Ya, como tú quieras. De todos modos, estará en clase. Si no, no tendría sentido que le pidieses los apuntes, ¿no crees? —A veces Lucas odiaba a Carlos con bastante intensidad—. Seguro que viene luego a ver el torneo de mus. No te apures, Romeo. Oye, y que no te distraiga de las cartas o la echo de la cafetería.

—No seas pesado. ¡Que solo es un juego!

—¡Pero qué dices! ¡Tú es que no riges! A veces es que... no sé para qué me molesto contigo. Es mucho más que un juego. Ni te imaginas lo que es llegar a la final del campeonato de mus. Si supieses...

—Que sí, que ya lo he entendido —le cortó Lucas. Prefería blasfemar en el Vaticano y enfrentarse a la ira del clero antes que cuestionar la importancia del mus delante de Carlos—. No me distraeré. —Y antes de que pudiese replicar, recitó de memoria las instrucciones que Carlos le había dado—: Pasaré las señas falsas tal y como me has enseñado y mantendré la calma en todo momento. Tú les pondrás nerviosos y harás que se desconcentren.

—Perfecto —dijo Carlos, satisfecho—. Si lo haces así, ganaremos.

Y ganaron.

La partida se desarrolló exactamente como Carlos había pronosticado. Nadie se dio cuenta de las señas que emplearon. Lucas estuvo pendiente en todo momento del juego, informando a Carlos de las cartas que llevaba y fijándose hasta en el último detalle de sus adversarios, para detectar posibles faroles. Carlos no les dejó casi ni respirar. Estuvo hablando toda la partida, soltando pullas y comentarios afilados que socavaron la paciencia de los contrarios tal y como había predicho que sucedería. Por más veces que lo viese en acción, Lucas no dejaba de asombrarse de su amigo. Siempre encontraba algo que decir para incordiar a los contrarios. Era como un extraño don, lo único que Lucas le había visto dominar con maestría. Además, era imposible conseguir que se callase. A Carlos nada le ofendía, nada era capaz de perturbarle. Era como si el mazo de cartas le confiriese un sosiego interior que nadie podía arañar siquiera.

Los oponentes les estrecharon la mano con mucha corrección y Carlos empezó a cantar en medio de la cafetería.

—Buena partida.

—Silvia, no sabía que estabas por aquí —dijo Lucas, levantándose de la silla.

Silvia tenía diecinueve años, como él. La conoció el primer día, mientras hacía cola para matricularse, al verla pensó que había acertado al escoger la Ingeniería de Caminos, Canales y Puertos. Pasaron tanto tiempo de pie juntos que terminaron hablando de infinidad de cosas. Luego se encontraron en clase y surgió una especie de amistad. Silvia era algo callada, opaca casi; no era fácil descifrar lo que le pasaba por la cabeza. A Lucas le gustó desde el primer momento, pero la ausencia de señales por parte de ella le sumía en la incertidumbre. Por alguna razón, le costaba mucho más esfuerzo de lo normal invitarla a salir alguna noche o aproximarse a ella por cualquier otro método. Lo cierto era que le daba vergüenza que le rechazase. Tardó más de un mes en forzar una conversación en la que ella se viese obligada a decir si tenía novio o no. Resultó que no.

—No quería perdérmelo —dijo Silvia—. Ya estáis en semifinales.

—Carlos, que es un figura en esto del mus.

—No seas modesto —dijo ella—. Seguro que tú también colaboras.

—Menos de lo que imaginas. Te aseguro que no es falsa modestia. Carlos no sabe hacer otra cosa en el mundo.

—Te he oído —dijo Carlos, acercándose a ellos—. Sí que sé hacer otra cosa, pero solo una. ¿Cómo estás, Silvia?

—Muy bien. No me divierto tanto como vosotros, pero no me quejo.

—Eso hay que arreglarlo —dijo Carlos—. Una

chica tan guapa... Lucas, invítala a tomar algo, no seas avaro.

—En realidad ya me voy —dijo Silvia—. Enhorabuena por la partida.

—Espera, te llevo a casa —intervino Lucas—. Ya tengo coche, así te lo enseño.

Dejaron a Carlos en la cafetería disfrutando de su victoria. Lucas sabía que su amigo iba a fanfarronear un buen rato acompañado de numerosas cervezas. Era su momento. Y así era como Carlos celebraba una victoria al mus, el juego sagrado.

La temperatura había subido algunos grados, pero aún hacía frío. Lucas y Silvia cruzaron el campus camino del Escarabajo.

—¿Crees que ganaréis el campeonato? —preguntó ella.

—Es posible. Aunque los siguientes rivales son muy duros por lo que me han dicho. Hay un inglés que juega muy bien, según dice todo el mundo.

—¿Ramsey?

Lucas asintió.

—¿Le conoces?

—Un poco. Se sienta conmigo en un par de clases —dijo ella. Lucas sintió un ataque de celos. Automáticamente quiso saber más del inglés y su relación con Silvia—. No te preocupes por él, no jugará contra vosotros.

—¿Y eso?

—Vuelve a Londres. Si no recuerdo mal, se iba esta misma tarde. Tiene que asistir al funeral de un policía amigo suyo.

Una excelente noticia, sin duda. Lucas disimuló una sonrisa. Lo cierto era que el tal Ramsey no le caía muy bien. ¿Quien se paseaba por ahí con un sombrero de ala y un bastón? No estaba al corriente de la moda en Londres, pero en Madrid, eso implicaba ir haciendo el ridículo, y luego estaba la música de su móvil, siempre sonaba una canción ruidosa en los momentos más inoportunos.

La alegría no le duró mucho. Concretamente, hasta que llegaron al coche. Alguien lo había rayado. Una línea ondulada atravesaba la pintura negra de la chapa por el lado del conductor. La raya serpenteaba por el lateral desde la puerta delantera hasta la parte de atrás.

—¡Será hijo de...!

—¿Qué ha pasado? —preguntó Silvia, extrañada.

—Ese es mi coche —dijo Lucas, señalando al Escarabajo—. Ese malnacido de Gabriel me lo ha rayado.

—¿Estás seguro de que ha sido él?

—Tuvimos unas palabras esta mañana. Carlos casi le parte la cara. Debería haber dejado que lo hiciese. ¡Ese bastardo vengativo me ha rayado el coche!

3

El Escarabajo no estaba donde lo había dejado aparcado.

Por segunda vez, Lucas miró a ambos lados de la calle, buscando su vehículo, bajo la amenaza de llegar de nuevo tarde a clase. El día anterior había estacionado bajo el sauce que ahora contemplaba enfadado. El recuerdo se mantenía fresco en su memoria. Después de dejar a Silvia en su casa, había estado dando vueltas y vueltas hasta dar con aquel hueco. ¡Como para no acordarse del lugar en que había dejado el coche!

Y sin embargo no estaba.

Lo encontró cincuenta metros más adelante, aparcado en la misma acera y en el mismo sentido.

Daba la impresión de que al retirarse los demás coches el Escarabajo hubiera decidido desplazarse para estar en un lugar más cómodo o más acogedor. No tenía sentido.

El enfado de Lucas se diluyó velozmente ante una nueva sorpresa que su coche le tenía reservada. Cuando iba a abrir la puerta, reparó en que la raya que surcaba el lateral del lado del conductor, la que le había hecho Gabriel el día anterior, había encogido. Era mucho más pequeña, la mitad aproximadamente de lo que debía ser, como si se hubiera borrado una parte.

Lucas se frotó los ojos con insistencia. Nada cambió.

El resto del día transcurrió de manera normal. Algo aburrido. Carlos no dio señales de vida y Lucas consiguió asistir a algunas clases. Disfrutó de la compañía de Silvia y poco más.

A la mañana siguiente, el Escarabajo tuvo la gentileza de permanecer en el lugar exacto en el que Lucas lo había aparcado la noche anterior. Todo un detalle por su parte. Lucas había salido a la calle con tiempo, convencido de que tendría que rastrear de nuevo su posición, pero no fue necesario. Para una vez que no iba a la facultad y que no tenía prisa... Casi lamentó no perder algo de tiempo en busca de su coche.

No había comentado el asunto con nadie. Su padre le tomaría por loco y no le concedería el menor interés, lo cual era más que comprensible. Carlos sí le dedicaría toda su atención..., pero para burlarse con todo su repertorio de chistes. Probablemente, le presionaría para efectuar multitud de experimentos con el coche, destinados a convencerle de que estaba mal de la cabeza. Lucas no quería pasar por algo semejante. Definitivamente, era mejor guardar el secreto.

El misterio no se refería solo a la aparente facultad del coche para cambiar de ubicación. Lucas descubrió otro detalle inexplicable. La raya con que Gabriel había decorado el Escarabajo había desaparecido por completo, de modo que la pintura metalizada del coche estaba absolutamente impecable. Lucas repasó el Escarabajo con una mezcla de asombro y alegría. Aquello era una prueba que podía enseñarles a Carlos y a Silvia, que lo habían visto rayado, pero enseguida descartó la idea. Ni aun así lo creerían. Pensarían que Lucas lo habría llevado a un taller y se lo habían pintado de nuevo.

Al subir al Escarabajo le invadió una oleada de fascinación. Lucas ya no lo veía como un coche normal y corriente. Su Escarabajo era especial, no cabía duda.

Conducir por Madrid era mucho más agradable cuando no era hora punta. Lucas llegó a casa de su tía

Claudia en poco más de veinte minutos. Las doce de la mañana y la diferencia en la densidad del tráfico era brutal. Deberían retrasar las clases de la universidad para que no coincidiesen con el horario laboral.

La reja metálica de la entrada al chalé se abrió perezosamente y Lucas entró en la parcela. Aparcó al lado del coche de su padre.

Nada más salir del Escarabajo, el corazón se le disparó por el sobresalto. No tuvo tiempo ni de cerrar la puerta. Los dos pastores alemanes de la casa se lanzaron a por él fieros y veloces, soltando potentes ladridos. Lucas se quedó helado en el sitio.

El primero de los perros tomó impulso, cuando estaba a un par de metros de distancia, y saltó sobre él. Lucas le vio aproximarse surcando el aire con la boca abierta. Cerró los ojos y se encogió para protegerse del impacto. El perro pasó rozándole, y fue a caer dentro del coche. Al abrir los ojos, Lucas comprobó que el otro perro daba vueltas alrededor del Escarabajo olisqueando con intensidad. Su hocico repasó toda la carrocería.

Lucas necesitó unos segundos para recuperarse del susto.

—¡Sal de ahí, *Zeus*! —gritó Lucas al perro que se había colado en el Escarabajo—. ¡Lo vas a llenar todo de pelos!

Zeus ni se inmutó. Se sentó como pudo entre los dos asientos y empezó a lamer el volante. El otro perro hizo amago de entrar, pero Lucas se lo impidió bloqueándole el paso con la pierna. Recurrió a todas las tretas que se le ocurrieron para sacar a *Zeus* del coche. Primero se lo pidió amablemente, animándole a salir como si entendiese sus palabras. Lucas había visto a los dueños de animales dirigirse a ellos como si se tratara de bebés, recurriendo a frases del tipo «vamos bonito, ven aquí», y empleando el tono que se usaría para dirigirse a la cosa más adorable del mundo. Algo debía de estar haciendo mal porque aquello no funcionó con *Zeus*. El perro ni siquiera volvió la cabeza hacia él.

Lucas tuvo otra idea. Usando una voz más alegre, fingió sacar algo de su bolsillo para luego lanzarlo por el aire. Era un truco que había visto muchas veces. Los perros siempre salían disparados en la dirección apuntada aunque no se les arrojase nada. Estaba visto que *Zeus* era mucho más listo que la media canina porque esta vez sí miró a Lucas, pero no se dejó engañar. Permaneció dentro del coche, llenándolo todo de babas y pelos.

Lucas ya no sabía qué hacer para sacar a *Zeus*. Lo único que se le ocurrió fue buscar al jardinero con la esperanza de que a él sí le hiciera caso el perro. Iba a marcharse cuando de repente el Escarabajo se movió. Se inclinó rápidamente hacia un lado y *Zeus* salió despedido. El movimiento fue rápido y corto. Lucas se apresuró a cerrar el coche. Luego, como si se diese cuenta en ese instante, se apartó de un salto y se quedó mirando el coche fijamente. ¿Qué había sido eso? Puede que se estuviese volviendo loco de verdad. El Escarabajo se había inclinado por sí solo. Lo acababa de ver con sus propios ojos y, aun así, no terminaba de creérselo. Había una explicación, seguro. Tal vez un golpe de viento del que no se había percatado, o puede que...

—Hola, Lucas —dijo la voz de su tía a su espalda. Lucas se dio la vuelta y vio a Claudia en la puerta del chalé agitando la mano—. ¿Por qué no entras?

Claudia no había logrado desprenderse aún del halo de tristeza que la acompañaba desde la muerte de Óscar. Lucas dio dos besos a su tía y entraron en casa. Su padre estaba frente a la chimenea, avivando el fuego. Últimamente pasaba mucho tiempo con su hermana, todo el que podía. Rubén dejó el periódico sobre la mesa y fue a saludarle.

—¿Cómo estás, Lucas? —dijo, estrechándole la mano.

Lucas se alegró de no ver a Sergio por ninguna parte. Rubén parecía menos decaído que Claudia y

Lucas imaginó que, al igual que su padre, también estaba más pendiente de ella desde la muerte de Óscar.

—Voy tirando. Te veo bien, Rubén —dijo bajando la voz—. ¿Cómo está tu madre? La veo un poco abatida todavía.

Rubén asintió con un brillo de comprensión en los ojos.

—Va mejorando, pero muy despacio. ¿Qué tal el Escarabajo?

—Muy bien, la verdad. Es un coche impresionante.

—¿Puedo dar una vuelta?

Lucas buscó desesperadamente una excusa para negarse. No tenía nada contra su primo, de hecho Rubén era todo lo contrario que su hermano Sergio, una gran persona. Pero no era por eso, era por el Escarabajo. Por primera vez, Lucas fue consciente de un sentimiento de propiedad muy acusado respecto de su nuevo coche. No quería que nadie más que él lo condujese. Era suyo. Sin embargo, no podía oponerse a que Rubén lo utilizase, después de todo, había pertenecido a su padre hasta hacía unos días. No sería apropiado impedirle usar algo que probablemente debería haber sido suyo por derecho propio.

—Claro que sí —dijo Lucas, esforzándose en sonar natural—. Toma.

Rubén tomó el manojo de llaves y se fue.

—Aquí tienes, Lucas —dijo Claudia, tendiéndole una carpeta—. Revisa que esté todo dentro, no sea que volvamos a equivocarnos.

Era un consejo que Lucas iba a seguir con mucho gusto. Se trataba de la documentación del Escarabajo, su preciado coche. Contuvo lo mejor que pudo el ansia que le dominaba por verificar que todo estuviese en orden mientras sus ojos pasaban rápidamente por la documentación incluida en la carpeta. Comprobó con una inmensa satisfacción que su nombre figuraba en los papeles y asintió satisfecho.

—Muchas gracias, Claudia.

—A ti, cariño —contestó ella—. Cuídalo bien. Supongo que ya sabrás que era el favorito de Óscar.

—No te preocupes, mamá —dijo Rubén, entrando de nuevo en el salón. Le lanzó a Lucas las llaves con más fuerza de la necesaria. Lucas las agarró a duras penas, evitando que le diesen en la cara—. Te puedo asegurar que mi querido primo sabe cuidar muy bien de su nuevo coche.

El tono y el gesto de Rubén eran inconfundibles. Estaba tremendamente enfadado.

—¡Rubén! —le reprendió Claudia—. ¿A qué ha venido eso?

—Que te lo explique Lucas —contestó Rubén.

Luego se volvió hacia su primo—. Si no querías dejarme el coche, habérmelo dicho.

Lucas no entendía nada.

—Pero si te he dado las llaves —fue lo único que se le ocurrió decir.

—¿Quieres cachondearte de mí? —Rubén estaba claramente indignado—. No sé qué has hecho con el coche o qué llaves me has dado pero con esas no arranca.

Lucas las contempló detenidamente por si se había equivocado, pero no era el caso. Esas eran las únicas llaves que él tenía del Escarabajo, lo que le recordó que debía hacer una copia por si las perdía. Un fogonazo de ansiedad se instaló en su garganta; si las llaves no arrancaban, era que algo le había sucedido al coche. Pero antes debía tranquilizar a su primo, no quería que pensara mal de él, y menos sin motivo.

Sin embargo, Rubén no le dio la oportunidad. Se marchó con gesto airado sin mirarle siquiera. Desde luego, Lucas no estaba estrechando los lazos con sus primos. Se disculpó lo mejor que pudo con Claudia, quien se mostró comprensiva, restándole importancia al asunto.

—Un malentendido tonto. No te preocupes por Rubén, ya se le pasará, mi hijo es así —añadió con pesar.

Su padre estuvo de acuerdo, con lo que Lucas determinó que era un buen momento para irse, no fuera a tropezarse con Sergio. Durante una temporada sería mejor evitar a sus primos.

El jardinero debía de haber guardado a los perros porque ya no se les veía por el jardín. Lucas llegó hasta el Escarabajo sin problemas. Titubeó un instante antes de introducir las llaves. ¿Qué haría si se había averiado? No quería ni imaginarlo. Lo último que le apetecía en ese momento era volver a entrar y anunciar que se había cargado el coche de su tío. Solo había un modo de averiguar si sus temores tenían algún fundamento.

Nada más girar la llave, el Escarabajo le saludó con el peculiar sonido del motor. Arrancó a la primera, suave, como siempre.

Entonces, ¿a qué había venido el enfado de Rubén? ¿Se habría inventado que no arrancaba? De ser así, Lucas no veía el propósito. No le dio más vueltas, lo importante era que el Escarabajo se hallaba en perfectas condiciones.

Ahora sí que necesitaba una partida de mus para relajarse y apartar la mente de las preocupaciones con sus primos. Afortunadamente, Carlos nunca defraudaba en eso. Le encontró en la cafetería de la facultad rápidamente.

—Así me gusta, pichón —dijo Carlos con una sonrisa—. Tenemos que prepararnos para la semifinal del torneo.

—Por eso he venido —contestó Lucas—. Necesitas practicar. Tuve que salvar la partida la última vez. De no ser por mí...

—Seguro, seguro. Suerte que te tengo a mi lado. Tú sigue jugando como yo te diga y todo irá bien. Preocúpate por tu orgullo después del campeonato.

Era imposible desinflar el ego de Carlos en lo que al mus se refería. Especialmente si ganaba, cosa que volvió a suceder. Últimamente las victorias se repetían con demasiada frecuencia, incluso tratándose de Carlos. A Lucas le costaba recordar la última vez que había perdido jugando juntos. Y si...

—¿Haces trampas?

—Por supuesto, las señas falsas, ya lo sabes. ¿A qué viene esa pregunta?

—Me refería a trampas con las cartas —insistió Lucas—. Gano demasiadas veces contigo.

—Me halaga que pienses así —se rio Carlos—. Vamos a ver, lo primero de todo es que no se puede ganar demasiado, ni siquiera aunque ganes siempre. Aprende eso, perdedor. Lo segundo, y más importante, es que se trata de una cuestión de habilidad, no de suerte. Nunca entenderás...

—Que sí, que sí, cansino. Que eres muy bueno, pero no sé... Adivinas con demasiada precisión las cartas del contrario —añadió Lucas pensativo.

—Eso es talento, ya aprenderás, no te inquietes —dijo Carlos muy contento—. De todos modos, esos dos eran patéticos. Nunca se tiraban un farol, y eso que no nos jugábamos nada. Era facilísimo adivinar lo que llevaban, hasta tú podrías haberlo hecho si te concentrases un poco.

Lucas asintió poco convencido. Y entonces tuvo una idea. No estaba relacionada con el mus, sino con el Escarabajo. Se dio cuenta de que pensaba demasiado en el coche, que aquello rozaba la obsesión, pero no podía evitarlo. Y la idea seguía armando escándalo en su mente, reclamando su atención, obstinada.

—Vamos a mi coche un momento, quiero comprobar algo.

—Vale, pero que no lleve mucho tiempo. He quedado con mi hermana.

—¿Sigue sin novio?

—Ni se te ocurra —le advirtió Carlos—. Tú céntrate en Silvia.

Esa era, sin duda, una idea de lo más tentadora. Lucas solo había insinuado estar interesado en la hermana de Carlos para incordiar un poco a su creído amigo, no porque albergase un verdadero interés por ella. Carlos seguramente lo sabía, pero se irritaba igualmente. Sin embargo, la mención de Silvia le hizo pensar en ella.

—¿Está en clase?

Carlos sonrió.

—Supongo. Pasó por la cafetería a media mañana. No la he vuelto a ver.

Era cuanto Lucas necesitaba saber. Si Silvia estaba en la universidad, la encontraría en la biblioteca después de clase, o se habría marchado a casa. Luego lo averiguaría, ahora sentía la imperiosa urgencia de sacarse esa idea punzante de la cabeza. Era una teoría acerca de lo que había pasado con su primo Rubén.

—Ya te he dicho que este coche está muy bien —comentó Carlos, sentándose en el asiento del copiloto—. No es mi estilo, pero tiene carácter. ¿Qué querías comprobar?

—Solo un segundo —dijo Lucas, haciendo un gesto con la mano para que esperase.

Introdujo la llave de contacto en la ranura y la giró. El coche arrancó tan manso como de costumbre.

—¿Y bien? —se impacientó Carlos.

Lucas giró de nuevo la llave en sentido contrario y apagó el motor.

—Prueba tú —le dijo a Carlos.

Las cejas de Carlos se alzaron por la sorpresa. Miró a Lucas unos segundos. Luego se encogió de hombros, alargó la mano y giró la llave.

No pasó absolutamente nada. El motor del Escarabajo permaneció mudo.

—Buen truco —dijo Carlos con admiración—. ¿Cómo lo haces?

—No tengo ni idea —confesó Lucas.

—Ya veo, crees que te oculto que hago trampas al mus y se te ha ocurrido enseñarme este truquito para demostrarme lo listo que eres. Solo hay un problema. Yo no hago trampas.

—Yo tampoco —aseguró Lucas, mirando fijamente el salpicadero—. Déjame probar otra vez.

Carlos retiró la mano. Lucas giró la llave y el coche arrancó.

—No vas a quedarte conmigo —dijo Carlos despreocupado—. No entiendo un pijo de mecánica, así que no tiene mérito que me engañes.

Lucas no se molestó en intentar convencerle de que no era un truco. Dejó que Carlos se marchara pensando que había tratado de burlarse de él. Al fin y al cabo tampoco podía hacer otra cosa. Él mismo no entendía qué sucedía y no se veía capaz de llegar a conclusiones lógicas. Se le pasó por la cabeza llevar el coche a un taller a que le hiciesen una revisión, pero lo descartó en cuanto pensó en la explicación que le daría al mecánico; le tomarían por un tarado. De todos modos, tampoco era nada grave, bien mirado, el Escarabajo contaba con el mejor sistema antirrobo que se pudiese imaginar. Si su hipótesis era acertada, nadie podría arrancar el coche excepto él mismo. Otro misterio más que guardar en secreto.

No obstante se moría de ganas de comentarlo con alguien. De camino hacia la biblioteca, no dejaba de darle vueltas a esa posibilidad. Tal vez con Silvia, quizás a ella le atrajese el mundo del automóvil. Lucas no lo creía probable, pero como era tan difícil saber lo que a Silvia le gustaba...

La encontró enterrada bajo una pila de libros en una mesa de la biblioteca. En cuanto la vio, Lucas supo que su deseo de hablar del Escarabajo respondía a una necesidad de compartir algo con Silvia, algo íntimo y secreto a ser posible, que la uniese más a ella. Un vínculo de complicidad en torno a un misterio era perfecto, pero... Lucas no terminaba de verlo claro. Tenía la impresión de que a las chicas les gustaba otro tipo de cosas. No se veían muchas mujeres leyendo revistas de coches o suspirando por tener un deportivo. No, era mejor buscar algo diferente.

—Estudias demasiado —dijo Lucas a modo de saludo.

Se sentó frente a ella y apartó algunos libros. Silvia levantó la cabeza. Parecía cansada.

—Alguien tiene que tomar apuntes para poder dejártelos.

—Buena observación —apuntó Lucas—. Deberías relajarte un poco. Te invito a un café, tienes aspecto de necesitarlo.

—¿Tan mal se me ve?

—Eh... no, no es eso. Quería decir que... eh... debes llevar mucho tiempo estudiando. Tus ojos... Voy a la máquina de cafés. Te espero fuera.

Patético. Se había puesto nervioso hasta tartamudear. ¡Qué absurdo! Lucas se reprendió duramente por su pérdida de control.

De regreso con un par de cafés, Lucas vio a Silvia salir de la biblioteca. Mientras avanzaba hacia su encuentro, se exigió dominarse y no volver a hacer el ridículo. Ella tomó su café con una sonrisa indescifrable.

—¿Dónde está tu media naranja? —preguntó ella.

—¿Cómo dices? No, no tengo... —Lucas tardó en entender a qué se refería Silvia—. ¡Ah, Carlos! Se ha ido con su hermana, habían quedado.

—¿Y te ha dejado solo? Pobrecito.

Su modo de hablar sobre Carlos revelaba claramente que a Silvia no le caía bien. No era la primera vez que detectaba ese sentimiento. Su antigua novia,

Raquel, con la que había roto hacía un año, también adoptaba el mismo tono de voz para referirse a su mejor amigo. Lucas se sentía incómodo al percibirlo. Por una parte, una sólida lealtad hacia Carlos le animaba a defenderle, a pesar de que no hubiera un ataque directo contra él. Por otro lado, no quería desagradar a Silvia ni llevarle la contraria.

—No paso tanto tiempo con él —dijo soslayando el dilema—. Es un buen amigo, eso es todo.

—Me contó que te gustaba su hermana...

—¡Será embustero! Eso es mentira... —Lucas se apresuró a cerrar la boca. Había vuelto a perder el control. Estaba dando una imagen penosa, no se atrevía a mirar directamente a Silvia. Dio un trago muy largo a su café—. Te estaría tomando el pelo, es una broma entre nosotros. Yo no estaría cómodo saliendo con la hermana de mi mejor amigo. Si la cosa terminase mal, sería embarazoso.

—Ya veo, la amistad es lo primero.

—No, no lo es. Si de verdad me gustara su hermana, si realmente estuviese enamorado, eso sería lo primero.

—De modo que la amistad es secundaria. Tu mejor amigo quedaría relegado a un segundo plano por una chica de la que crees estar enamorado y con la que tal vez solo durarías un par de meses.

Lucas abrió la boca pero no llegó a decir nada. Era uno de esos momentos en los que uno sabe que si dice una sola palabra, la que sea, será para empeorarlo todo. Tenía que serenarse, controlar la conversación y llevarla a su terreno. De repente, sintió que estaba manteniendo una especie de combate verbal con Silvia.

—Me estás tomando el pelo. Intentas desorientarme cuestionando cada postura que adopto.

—Es divertido —confirmó Silvia con una sonrisa.

—Muy bien, listilla. Ahora elige tú: amistad o amor. ¿Qué es más importante para ti?

Lucas la observó con expectación. Silvia se hizo de rogar varios segundos, le miró de reojo y dijo:

—Esa información es confidencial. Aún no te conozco lo suficiente.

Una evasiva descarada, escudada torpemente por una excusa fácil de falta de tiempo, pero con todo, eficaz. A Lucas no se le ocurrió el modo de sortear la respuesta de Silvia para obligarla a pronunciarse.

—Mujeres... Siempre con secretos, pero bien que os gusta preguntar.

—No te enfades, algún día te contestaré —dijo en tono enigmático.

—¿Qué tal el sábado? Te invito al cine... o a cenar.

Pero ¿qué estaba pasando? Las palabras salían de

su boca, pero Lucas no terminaba de creérselo. ¿Sería posible? Después de tantos meses, el valor que no había sido capaz de reunir para invitar a Silvia a salir aparecía así, de improviso, sin avisar. Simplemente, tomaba el control de su boca y se liaba a preguntar por el fin de semana, sin importar las consecuencias. Era algo inaudito.

Pasó un segundo. Silvia no respondió. Otro. Otro más. Ni una palabra. Otro segundo. Lucas se volvería loco, le iban a rechazar. Maldita sea su bocaza, si la hubiese mantenido cerrada...

—Prefiero el cine —dijo Silvia finalmente.

Lucas dejó escapar el aire de golpe. No había sido consciente de estar conteniendo la respiración. Ahora lo más importante era conservar la calma, ya que no había razón para ponerse nervioso, ni que fuera la primera chica con la que iba al cine.

—Te dejo elegir la película a ti —dijo Lucas.

Sonó natural, condescendiente pero a la vez claramente de broma. Bastante bien, Lucas estaba satisfecho de sí mismo.

—Te arrepentirás de esa decisión —prometió ella.

A Lucas le daba igual. Silvia podía escoger el peor tostón que el cine fuese capaz de ofrecer, él no se arrepentiría.

—Es probable, pero si lo lamento ya se me ocurrirá algo para vengarme —dijo Lucas por añadir algo—. Si quieres te acerco a casa. Tengo el coche cerca.

—No, gracias. Tengo que seguir estudiando.

Fue un alivio separase de ella. Ya había conseguido la cita, y tal y como había transcurrido la conversación al principio, aumentaban sus probabilidades de meter la pata si continuaba la charla. Por hoy ya era más que suficiente.

Se despidieron y Lucas se fue a por su coche tan contento que se sentía invencible, insuperable.

Cuando llegó al coche lo observó extrañado unos segundos, juraría que había aparcado unas dos plazas más atrás. ¡Qué raro! De nuevo un cambio de ubicación. ¡Y esta vez a plena luz del día! No podía ser, seguramente en esta ocasión se equivocaba. El éxito con Silvia y su obsesión por el Escarabajo nublaban su juicio.

—Al fin te encuentro, malnacido —dijo una voz detrás de él.

La reconoció en el acto. Antes de volverse, Lucas ya sabía que Gabriel no estaría solo.

—¿Ahora qué quieres?

Le acompañaban dos amigos, para variar.

—¿Te estás haciendo el loco conmigo? —rugió Gabriel fuera de sí.

Los dos amigos se abalanzaron sobre él y le sujetaron cada uno por un brazo. Gabriel estaba muy alterado. Lucas no tenía ni idea de la razón, pero no podía ser culpa suya. Era él quien debería estar enfadado con Gabriel por haberle rayado el coche. Su primer impulso había sido vengarse, pero se le olvidó al comprobar que el Escarabajo había solventado el problema por sí solo.

—¿Qué hacéis, imbéciles? Primero me rayas el coche y ahora me das una paliza con tus amiguitos.

Los ojos de Gabriel brillaban de pura rabia.

—Es cierto, te rayé el coche —admitió Gabriel. Se acercó a Lucas y le dio un puñetazo en el estómago. No cayó al suelo porque le estaban sujetando—. Pero ya veo que te has apresurado a vengarte, y te has pasado de listo.

—Cabrones —susurró Lucas entrecortadamente por la falta de aliento—. ¿De qué estás hablando?... Yo no he hecho nada... No soy como tú.

Otro golpe en el estómago, esta vez con la rodilla, que lo dobló por la mitad. Lucas se quedó colgando de los brazos de sus captores.

—¿Y eso qué es? —le gritó Gabriel.

Lucas sintió un fuerte tirón en el pelo. Le levantaron la cabeza para mirar hacia el coche de Gabriel. A pesar de la lejanía, se percibía con nitidez que el lateral estaba hundido hacia dentro. No era preciso ser un perito para comprender que aquella abolladura no se podía realizar con un solo golpe. Sin duda, otro vehículo había chocado contra el de Gabriel varias veces.

—Yo no he sido... —murmuró Lucas con la voz débil—. Cabrones.

—Y yo voy y me lo creo —dijo Gabriel. Sus amigos arrastraron a Lucas hasta el Escarabajo, apoyaron su espalda contra el coche y le aplastaron los brazos contra la carrocería para evitar que se moviera—. No sé cómo es posible que este cacharro no esté abollado, pero por si tuviese alguna duda de quién ha sido, cosa que no es así, la pintura del parachoques te delata. —Lucas apenas le escuchaba. Analizaba desesperadamente la situación en busca de una salida. Eran tres y él estaba solo—. Bien, te aseguro que vas a lamentar esa idea tan genial que has tenido.

Lucas vio el puño de Gabriel acercarse a toda velocidad. Intentó zafarse pero era inútil, sus amigos le sostenían muy fuerte. Esta vez no recibiría el golpe en el estómago, sino en la cara.

Entonces, el Escarabajo se movió, solo un poco, pero fue suficiente. Lucas notó cómo su espalda se desplazaba a la izquierda arrastrada por el coche. El movimiento sorprendió a todos. Se tambalearon un poco y el puño de Gabriel se estrelló contra el amigo que sostenía a Lucas por la derecha.

Tenía que aprovechar aquella ocasión. Lucas se soltó y le dio una patada al único que aún le sujetaba, en dirección hacia sus genitales. La expresión de su cara le reveló lo afortunado de su puntería; ese seguro que ya no sería un problema. Sin darle tiempo a apartarse, Gabriel se lanzó sobre él, decidido a aplastarle, sin imaginar siquiera el modo en que Lucas se le iba a escapar. La puerta del conductor se abrió de repente y Gabriel no pudo evitar darse de bruces contra ella. Cayó pesadamente al suelo.

Lucas saltó al interior del Escarabajo y se alejó a toda velocidad. Las reflexiones para más tarde.

4

La tostada había desaparecido de su plato cuando Rubén volvió a sentarse a la mesa, tras sacar un tarro de mermelada de la nevera. Encontró la mitad de ella sobresaliendo de la desagradable boca de su hermano mayor.

—Oh, ¿era tuya? —preguntó Sergio, fingiendo sorpresa.

—Te has levantado gracioso —observó Rubén, asqueado—. No estoy de humor para tus paridas.

—Pensé que la había preparado mamá para mí —repuso Sergio sin disimular el hecho de que estaba mintiendo.

Rubén conocía esa expresión de aburrimiento en el semblante de su hermano. Sergio no le molestaba por ninguna razón concreta, solo buscaba algo que hacer. Pero Rubén sabía que lo único que funcionaba era ignorarle, negarle algo con lo que entretener su deteriorada mente, lo que tampoco era fácil. Afortunadamente, su madre le ayudó.

—Venid al salón un momento, por favor —les llamó Claudia.

Los dos hermanos acudieron con su madre, que estaba acompañada de un hombre alto y de edad indeterminada. Su aspecto era algo inquietante, tal vez por su postura corporal o su cabeza ligeramente ladeada. Sus ojos marrones no se movían de igual modo, carecían de sincronización. Rubén comprendió que tenía un ojo de cristal.

El desconocido les dedicó una sonrisa imprecisa.

—Este es el comisario Torres —explicó Claudia—. Quiere haceros unas preguntas.

Lo primero que pensó Rubén era que guardaba relación con la magnífica bolsa, repleta de marihuana, que ocultaba en su habitación, pero enseguida lo descartó. Jamás había oído hablar de un comisario que fuese a casa de alguien a detenerle por consumir marihuana. En ese caso, al menos vendría acompañado. Además, si le detuviesen por tenencia de drogas su madre seguramente estaría...

En ese preciso momento, Rubén reparó en la

sombra que oscurecía el rostro de su madre. Estaba más triste que cuando la había visto a primera hora de la mañana. Entonces, se fijó en la voz que había empleado para llamarles y reconoció en ella signos de debilidad. No cabía duda de que el comisario le había contado algo que había mermado su estado de ánimo. Rubén sintió un leve ataque de rabia instintivamente. El policía le cayó mal desde el primer instante.

—¿De qué va todo esto? —preguntó Sergio con su habitual falta de tacto.

Rubén abrazó a su madre. Claudia se acurrucó en los brazos de su hijo y dejó la mirada perdida en las llamas de la chimenea.

—Lamento molestaros, chicos —dijo Torres en tono indiferente—. Son preguntas de rutina sobre vuestro padre, si no os molesta hablar de ello, por supuesto.

—¿Qué? —repuso Sergio, escandalizado—. Esto es absurdo. ¿Qué quiere saber?

—En realidad, tengo que hablar con Rubén —dijo el comisario—. Aunque me gustaría que tú, Sergio, me cuentes cualquier detalle que te parezca relevante del día del accidente.

—¿Por qué conmigo? —preguntó Rubén.

Era del todo inesperado. Ahora, Rubén deseaba

con todas sus fuerzas que Torres contestara a la primera pregunta que había formulado su hermano con tanto ímpetu. Definitivamente, aquello no tenía nada que ver con su bolsa de marihuana.

El comisario fijó su mirada desigual en Rubén y sus labios esbozaron una curvatura extraña. Lo que debía de ser una sonrisa a Rubén le pareció una mueca grotesca. El ojo de cristal de Torres le hacía sentir incómodo.

—Porque tú fuiste el último en ver a tu padre antes de salir de casa aquella mañana —aclaró el comisario.

Rubén abrazó con más fuerza a su madre sin darse cuenta. Asintió.

—Desayuné con él —dijo, bajando el tono de voz—. Hablamos de mis notas sin llegar a discutir y luego comentamos una película que a él le había gustado mucho y a mí no... Era... —Los ojos de Rubén estaban desenfocados. Torres le escuchaba con mucha atención—. ¡Maldita sea! No recuerdo el nombre de la peli... era de acción de eso estoy seguro. Tal vez...

Rubén no fue consciente de los minutos que pasó intentando acordarse de la última película que había analizado con su padre. Era doloroso pensar en la cara de Óscar con tanta intensidad, y se dio cuenta de que no lo había hecho desde que falleció. Solo había acariciado recuerdos que estuviesen relacionados con su padre de refilón, para esquivar el dolor que ahora florecía inevitablemente en su interior. Tragó saliva con fuerza y parpadeó volviendo a la realidad. Su hermano le miraba con gesto comprensivo, el brillo desafiante que exhibía en la cocina se había esfumado.

Torres aguardaba en silencio.

—¿Recuerdas si habló con alguien por teléfono?

—Sí, creo que sí —dijo Rubén con dificultad—. Le llamaron al móvil, era alguien de su empresa.

—¿Escuchaste la conversación?

—No presté atención, nunca lo hago... O lo hacía —rectificó Rubén. Le costaba acostumbrarse a emplear el tiempo pasado para referirse a su padre—. Me aburren los temas de trabajo. No sé de qué habló, pero parecía ligeramente enojado. Interpreté que serían asuntos de empresa.

—¿Qué está buscando? —intervino Sergio de mala manera—. ¿Por qué hace esas preguntas a mi hermano? Pueden pedir un registro de llamadas, averiguar quién le llamó e interrogar a esa persona. ¿Qué quiere de Rubén?

Rubén se quedó impresionado por el arrebato protector de su hermano mayor. El comisario Torres permaneció impasible.

—No pretendía dar mala impresión —dijo Torres—. Solo trato de hablar con las últimas personas que vieron a Óscar con vida.

—No te preocupes, Sergio —dijo Rubén—. Deja que el comisario haga su trabajo.

—Gracias, jovencito —dijo Torres, moviendo los ojos de modo chocante. A Rubén no le gustó el apelativo, tenía diecinueve años, pero no dijo nada—. ¿Algo más antes de que tu padre saliese de casa?

Rubén negó con la cabeza. Tras la llamada telefónica, la conversación con su padre se centró en la bolsa de marihuana de Rubén, de la que Óscar tenía conocimiento desde hacía tiempo, y sobre la que ya habían discutido en varias ocasiones. Por suerte, él nunca se lo dijo a Claudia.

—Es mejor que tu madre no sepa nada de esto —le había dicho su padre en tono severo.

A Rubén le causó un gran sufrimiento recordar que la última expresión que vio en el rostro de su padre, aquella triste mañana, fue la decepción. No consideró que esa información le incumbiese al comisario Torres.

—Eso fue todo —dijo secamente.

—Entonces, he terminado —anunció el comisario—. Gracias por su colaboración y disculpen las molestias.

—Un momento —pidió Rubén—. No nos ha explicado qué está investigando.

—Creía que era evidente —dijo Torres—. La muerte de vuestro padre, por supuesto.

—¿Desde cuándo la policía investiga un accidente de tráfico? Creía que lo haría un perito del seguro o algo así. A menos que... —Entonces lo vio claro. Esa era la razón de que su madre estuviese tan abatida.

—En efecto —dijo Torres, confirmando los temores de Rubén—. Estamos considerando la posibilidad de que no fuese un accidente.

La cafetería estaba abarrotada de gente.

—¿A qué esperas? —gruñó Cristian—. Enseña las cartas.

Carlos le miró muy tranquilo mientras se pasaba la mano por el pelo. Era su momento. Todo el mundo estaba pendiente de él.

—Tranquilízate —dijo, y puso un gesto pensativo—. Te contaré un secreto. Todo eso de jugar bien y mal... es una bobada. Lo único que importa es la suerte con las cartas.

—¿Vas a darme lecciones? —preguntó Cristian, molesto.

—Ni mucho menos —repuso Carlos, dibujando una sonrisa—. Es solo una observación. Tomemos esta mano como ejemplo. Tú has jugado correctamente, yo habría hecho lo mismo con esas cartas, y eso es una muestra indiscutible de que has jugado bien.

Algunos de los que rodeaban la mesa se rieron. Lucas era el que más nervioso estaba de todos los presentes en ese momento. Carlos no le había pasado ninguna seña y no tenía ni idea de qué cartas llevaba. Lo que sí sabía era que Cristian tenía cuatro reyes expuestos sobre la mesa. Carlos solo podía ganar si llevaba los otros cuatro, lo cual era prácticamente imposible.

—Pero con eso no basta —continuó Carlos—. Hace falta suerte. Te lo demostraré —alargó la mano y dio la vuelta a sus cartas—. ¿Lo ves?

Un murmullo estalló en la cafetería cuando Carlos descubrió sus cuatro reyes. Lucas dejó escapar el aire de golpe. Cristian maldijo en voz alta. Por increíble que pareciese, Carlos había vuelto a ganar, y contra cuatro reyes nada menos. Era muy poco frecuente que saliesen los ocho reyes repartidos de ese modo.

Ya iban dos juegos a cero en esa partida. Solo quedaba ganar el tercero y pasarían a la final del torneo. Tal vez, demasiado fácil.

Lucas admiró de nuevo el estilo de Carlos. Su compañero ya sabía que tenía la mano ganada desde hacía tiempo, pero demoró cuanto pudo el momento de mostrar sus cartas para poner más nerviosos todavía a los contrarios. Les alababa descaradamente cuando perdían y, poco a poco, les iba alterando. No era suficiente con ganar, Carlos sacaba el máximo provecho posible a cada jugada.

Empezaron el que había de ser el juego definitivo. Dos manos y todo se complicó de la manera más inesperada. Gabriel entró en la cafetería y se unió al corro que observaba la semifinal. Lucas se puso tenso inmediatamente. Era la primera vez que coincidían desde su enfrentamiento y no estaba seguro de cómo reaccionaría Gabriel, ni él mismo en realidad.

Se sorprendió al ver que no le profesaba tanto odio como creía por haberle intentado dar una paliza con sus dos gorilas, a quienes no se veía por ninguna parte, cosa rara. En aquel preciso momento, Lucas no podía pensar en otra persona que le cayese peor que Gabriel, y, sin embargo, en contra de su propia voluntad, entendía los motivos que le habían llevado a sospechar que él había destrozado su coche. De hecho, si la teoría de Lucas era cierta, no existía otra explicación que Gabriel pudiese contemplar, salvo que aceptase que el Escarabajo había embestido a su coche sin que nadie lo condujera. Como eso no era muy probable, lo lógico era culpar a Lucas. Claro que podía haber exigido el pago de la reparación, o haber tomado otra resolución que no implicase golpearle.

Lucas cruzó una mirada muy tirante con Gabriel. ¿A qué había venido? ¿Pretendía continuar la pelea delante de todo el mundo? No, no era por eso. Gabriel desvió la mirada de un modo que no era propio de alguien que busca bronca. Daba la sensación de que no había sabido que Lucas estaba allí antes de entrar.

—¡Despierta! Tú hablas, Lucas —dijo Cristian con una nota de irritación en la voz.

—Eh... Sí, perdón... Paso —contestó Lucas, distraído.

Notó un golpe en la espinilla bastante fuerte. Levantó la vista y se encontró con la cara encolerizada de Carlos. Acababa de meter la pata. No debería haber pasado, pero como no había prestado atención, no tenía ni idea de qué iba la mano. Se encogió de hombros a modo de disculpa. La expresión que le devolvió Carlos dejó bien claro que no estaba precisamente contento con él.

Perdieron el juego. El marcador se puso dos a uno. Y la espinilla de Lucas quedó severamente dolorida.

Las patadas de Carlos no consiguieron que se

centrara en la partida. Por un lado, Lucas revivió de nuevo todo lo relacionado con el Escarabajo, mientras que a la vez no dejaba de preguntarse cuáles eran las intenciones de Gabriel. Por el momento, le vio sonreír cínicamente cuando perdieron el juego, y escuchó con desagrado su carcajada cuando perdieron de nuevo y empataron a dos.

—Tenías razón con tu explicación acerca de la suerte —comentó Cristian a Carlos en tono casual. Su deleite por la remontada era evidente en el brillo de sus ojos—. ¿Ya no me das más consejos?

—Celebro que lo hayas comprendido. Eres mucho más inteligente de lo que pareces —contestó Carlos sin dejar traslucir la frustración que le invadía—. No te preocupes, que la lección aún no ha concluido.

Carlos se levantó de la mesa y se llevó a su compañero a un rincón aparte. Lucas bajó la mirada avergonzado.

—¿Quieres contarme algo? —preguntó Carlos muy tranquilo.

Lucas era consciente de que por su culpa habían empatado una partida que tenían fácilmente ganada. Y no una partida cualquiera, era la semifinal. No quería imaginar lo que significaría perder para su amigo. Carlos le mataría.

—Se me ha ido la cabeza al final, no volverá a pasar —prometió.

—De eso nada, hay algo más, estás muy distraído. Vamos, dime qué te pasa.

—No tengo un buen día —dijo Lucas a la defensiva—. ¿Tú nunca juegas peor algunos días que otros? No me he levantado con buen pie.

—¿Quieres dejar de mentirme? —le reprendió Carlos. Un número considerable de personas les miraban, esperando que volviesen a la mesa a terminar la partida. Mucha gente quería ver a Carlos perder, dado que siempre estaba alardeando de lo bueno que era, y porque en verdad era raro que perdiese—. Te conozco, ha sido por ese imbécil de Gabriel, ¿a que sí? Desde que ha llegado estás distraído. ¿Has vuelto a discutir con él?

Lucas no le había contado nada a Carlos de su altercado con Gabriel ni sus matones. Por lo que sabía, Gabriel tampoco había hablado con nadie del asunto. Era normal, pues comentar esa pelea invitaría a hacer preguntas incómodas. Por una parte, Gabriel tendría que aclarar cómo Lucas pudo salir airoso de una trifulca contra tres tipos, y tampoco admitiría que estaban abusando de él de una manera tan deshonrosa. Lucas, por su parte, se vería obligado a relatar la extraña ayuda que su coche le había brindado, y eso era algo que no estaba dispuesto a hacer. No lo creerían.

Después de aquello, Lucas pasó dos noches seguidas sin apenas dormir. Lo que Gabriel le dijo durante su pelea era cierto. Lucas no dudaba de que hubiera sido el Escarabajo el que había chocado varias veces contra el coche de Gabriel, pues las marcas de pintura coincidían, solo que él no lo conducía y nadie más podía arrancarlo. Luego la conclusión era obvia. El hecho de que Lucas se callase el incidente revelaba que era consciente de que estaba dando por sentado algo que no era posible.

Tampoco se fiaba de Carlos. Si se enteraba de su encuentro con Gabriel, su amigo perdería la cabeza. Ya estuvo a punto de pegarse con Gabriel hacía unos días sin que hubiese pasado nada, con que ahora le daría una buena paliza sin dudarlo, o al menos lo intentaría. Lucas no podía consentirlo.

Pero tenía que hacer algo. Carlos llevaba razón, como siempre cuando se trataba del mus. Desde que había visto a Gabriel en la cafetería, su concentración se había hecho añicos. Tenía que remediarlo sin que Carlos notase nada.

—No, no tiene nada que ver con Gabriel —mintió Lucas—. No he dormido demasiado, pero estoy bien. No volveré a meter la pata.

—Me duele que no me cuentes el problema —dijo Carlos. No se había tragado la torpe excusa de Lucas—. Sabes que yo te apoyaría. Si hace falta, mando a paseo la partida.

Semejante declaración provocó que las cejas de Lucas se alzasen bruscamente. Era mentira, un farol, como los que se usaban jugando al mus, pero funcionó. Ver a Carlos anteponer un problema suyo a una partida de mus le conmovió.

—Te he dicho que estoy bien. Deja de mirar a la novia de Cristian todo el rato y ganaremos.

—¿Tanto se me nota? —preguntó Carlos.

Era tan evidente que Lucas dudaba de que hubiese alguien en la cafetería que no se hubiese dado cuenta. Carlos ya había intentado ligarse a la novia de Cristian en el pasado, sin mucho éxito. Ella le había rechazado dos veces, la última de las cuales ya estaba saliendo con Cristian, pero a Carlos le daba igual.

Lucas meditó su respuesta antes de hablar.

—Solo un poco, tal vez Cristian no se haya dado cuenta —dijo, sonando escasamente convencido.

—Seguro que sí —dijo Carlos—. Ya verás cuando ganemos. Esa chica me gusta.

—No cambiará nada, la conozco. Ni siquiera le gusta el mus.

—A todos los universitarios les gusta el mus —corrigió Carlos—. De todos modos eso es lo de menos. Está mirando, ¿no? Quiere ver quién gana. Eso es lo que les gusta a las mujeres, te lo digo yo.

Lucas no se molestó en discutir esa teoría.

—¡Eh, vosotros! —les gritó Cristian desde la mesa—. Ya está bien para un descanso. ¿Qué tal si acabamos con esto cuanto antes? Así os dolerá menos.

—¡Ya vamos! —contestó Carlos mientras se acercaban a la mesa—. Solo estábamos repasando las señas falsas. —Varias personas se rieron—. Es broma, Cristian. Ya hemos vuelto, ¿lo ves? No hay por qué impacientarse.

Comenzó el último juego, el definitivo. La pareja que ganase pasaría a la final. Lucas y Carlos empezaron de manera arrolladora, poniéndose por delante rápidamente. La pequeña charla con Carlos había logrado despejar las preocupaciones de Lucas, quien ya no sabía siquiera si Gabriel aún estaba alrededor. Todos sus sentidos estaban fijos en el juego, sus ojos solo enfocaban cartas y jugadores, no existía nada más en la cafetería. Hasta que...

—Está en el taller —dijo Gabriel por detrás de Lucas—. Algún imbécil lo destrozó y ni siquiera tuvo los huevos de dar la cara...

La rabia invadió a Lucas al escucharlo. Gabriel

estaba relatando su versión a alguien, que seguramente se alejaba mucho de la verdad. No sabía si había revelado su nombre y le costó un esfuerzo titánico no levantarse inmediatamente e intervenir. Lucas sintió el impulso de darse la vuelta para averiguar a quién se lo estaba contando.

—Se tratará de un cobarde —respondió una voz que Lucas no conocía—. A mí me hacen eso y si pillo al culpable le rompo la cara. Odio a ese tipo de gentuza...

Era injusto. Seguro que Gabriel no había contado que había empezado él por rayarle el coche. Lucas se moría de ganas de dejar las cosas claras, pero entonces comprendió que Gabriel lo estaba haciendo a propósito. Se había colocado justo detrás de él para asegurarse de que escuchara su conversación y de que no pudiese verle. Y funcionó. Lucas se enfureció más, no le veía pero le imaginaba perfectamente. Gabriel estaría sonriendo a su espalda mientras le insultaba indirectamente con ese nuevo amigo. ¡Maldito imbécil! Siempre había algún problema con él, no podía dejarle en paz...

—¿Quieres hablar de una vez? —le preguntó a Lucas el compañero de Cristian en mal tono.

—Tu compañero está atontado, Carlos —dijo Cristian con aire despectivo—. Dile que juegue.

Lucas regresó a la partida de mala gana. Era su turno y debería haber hablado hacía tiempo.

—Estaba meditando la jugada. ¿Algún problema? —dijo bruscamente. Era la rabia la que hablaba por él—. ¿Quieres que hable? Bien, pues te aseguro que voy a hablar...

—Cálmate, compi —intervino Carlos, intentando apaciguarle—. No les hagas caso.

Era evidente que debía seguir ese consejo. Lucas no sabía ni en qué parte de la mano se encontraban.

—Ya saltó su amo —dijo Cristian—. No sé para qué hablamos con él, si siempre es Carlos quien decide todo en esta pareja.

—Ignórales, Lucas —insistió Carlos—. Pasa y ya está.

Gabriel dijo algo más. Lucas no lo captó, pero había escuchado un insulto y el tono de su voz fue suficiente para que perdiese la cabeza del todo.

—¡Diez más! —gritó, dando un golpe sobre la mesa.

Carlos cerró los ojos y apartó lentamente la cabeza con una mueca de frustración. Entonces, Lucas lo supo, acababa de arruinar la partida con ese arrebato, sus cartas eran lamentables. Si los otros aceptaban la apuesta o subían, todo acabaría.

—Otras diez —dijo Cristian con gran seguridad.

Estaba acorralado. Su única opción de salir de aquella situación era tirarse un farol. Aparentar que sus cartas eran insuperables y rezar para que Cristian se retirase. Y todo por culpa de Gabriel.

—Mejor que sean todas —dijo Lucas con el mejor tono de arrogancia que pudo emplear.

—¡No, Lucas! —dijo Carlos.

Demasiado tarde. La suerte estaba echada.

—Lo veo —anunció Cristian, triunfal.

La cafetería quedó repentinamente en silencio. Todo el mundo quería ver las cartas y saber quiénes eran los ganadores. Lucas vio a Cristian enseñar tres reyes con una sonrisa. Menudo momento que había escogido para tirarse un farol, él no llevaba ni uno. Enseñó sus cartas con gesto derrotado, sin atreverse a mirar a Carlos. Un murmullo se propagó entre los espectadores.

—No ha sido tan difícil después de todo —dijo Cristian a su compañero.

—Engañarte nunca lo es —dijo Carlos—. Verás, esto es lo que tiene el mus, que es un juego de pareja. Y aunque las cartas de mi compañero dan bastante pena... estos cuatro reyes que tengo yo nos dan la victoria.

Cristian se atragantó. Los espectadores más cercanos se acercaron a la mesa para verlo de cerca y enseguida empezaron a comentar la jugada entre ellos.

Lucas no podía creérselo, todo había sido una comedia montada por Carlos.

—¿Cómo es posible? Nadie tiene tanta suerte —dijo Cristian, indignado.

—Claro que sí —contestó Carlos—. Ya te lo dije, todo es cuestión de suerte —se inclinó sobre la mesa para acercarse más a Cristian—. Y si tienes algún problema no tengo inconveniente en salir a la calle a discutirlo contigo personalmente.

Cristian no aceptó la invitación. En su lugar, murmuró una protesta y se fue con su compañero. Lucas se levantó y buscó a Gabriel, decidido a hacerle la misma oferta que Carlos acababa de realizar a Cristian, pero no lo vio por ninguna parte. Se había esfumado.

Tardó casi tres horas en sacar a Carlos de la cafetería, lo cual fue todo un logro. Su amigo era un auténtico apasionado de las celebraciones, y una victoria al mus era uno de los mejores motivos que Carlos podía encontrar para embarcarse en una. Bebió bastante, y, aunque parecía razonablemente consciente, Lucas casi tuvo que arrastrarle hasta el Escarabajo. Le metió en el coche tras pasar serias dificultades.

—Somos los mejores —dijo Carlos sin vocalizar del todo debido al alcohol—. Te dije que íbamos a ganar, ¿a que sí? Pues claro que te lo dije.

Lucas le puso el cinturón de seguridad y arrancó. Quería preguntarle si había hecho trampas durante la partida, en concreto, la vez que tanto él como Cristian habían sacado cuatro reyes. Era una coincidencia demasiado rara. Se podía jugar un año entero al mus sin ver una mano como esa. Sin embargo, no llegó a preguntarle nada, Carlos lo negaría y tampoco estaba en condiciones de mantener una conversación medianamente seria. Se quedaría con la duda por ahora, pero si Carlos hacía trampas, era un auténtico maestro. Nadie se daba cuenta.

—Sí que me lo dijiste, Carlos, eres un genio —dijo Lucas, siguiéndole la corriente. Estaba atento a la carretera y no a los desvaríos del amante del mus, que miraba por la ventanilla con una expresión de profundo atontamiento en el rostro—. Todo el mundo te aclamaba. Seguro que ganaremos la final.

—Por supuesto. ¿Viste la mirada de la novia de Cristian al final de la partida?

Lucas no tenía ni idea de a qué se refería Carlos.

—Pues claro que la vi —mintió, fijando la vista en la carretera.

—También te advertí sobre eso. A las mujeres les gustan los ganadores. Te apuesto lo que quieras a que viene a ver la final.

La seguridad de Carlos le hizo recapacitar a Lucas. ¿Tendría razón respecto a la atracción de las mujeres hacia los vencedores? Era evidente que su querido amigo era un buen jugador de mus, con o sin trampas, además de un machista. Generalmente Lucas no prestaba atención a sus afirmaciones sobre las chicas, pero en aquella ocasión, le dio vueltas a la idea; de ser cierto, era una verdadera lástima que Silvia no hubiese asistido a la partida... No, él no pensaba de ese modo. Lucas aceptaría prácticamente cualquier consejo de Carlos sobre mus, pero en lo referente a mujeres, no era un modelo que imitar. Que Lucas recordase, Carlos nunca había permanecido con una chica más de tres meses. Sentía la misma pasión hacia el compromiso que hacia los estudios, es decir, se esforzaba lo mínimo imprescindible para conseguir lo que quería.

En cambio, Lucas se inclinaba más por tener una relación duradera. Ya tuvo su época de vaivenes en la adolescencia, y no se le dio muy bien. Consideraba a Carlos un poco infantil por esa actitud hacia las mujeres, lo que a su vez le hacía sentirse presuntuoso. ¿Por qué era su postura la correcta y no la de Carlos? No le gustaba pensar de esa manera, pero tampoco lo podía evitar. Lo malo era que a Carlos parecía irle mejor, siempre se le veía alegre y contento. Por el contrario, Lucas había sufrido bastante a causa de las mujeres, al menos mucho más que su amigo. Debería ser él, y no Carlos, quien albergase algún recelo para las relaciones serias con el sexo opuesto.

—Mañana vamos a celebrarlo a lo grande —dijo Carlos como si se le hubiese ocurrido de repente—. Pillaremos una buena cogorza...

—Creía que ya lo habías celebrado bastante —repuso Lucas algo molesto.

Un semáforo se puso en rojo y tuvo que frenar de golpe. Carlos casi se da con la cabeza contra el cristal.

—Lo de hoy no ha sido nada, hombre —dijo Carlos sin inmutarse por el frenazo—. Mañana es sábado, el día de la juerga por excelencia.

—Mañana no puedo —dijo Lucas. Continuó con la vista en la carretera, pero sintió los ojos de Carlos atravesándole. No tenía sentido ocultárselo por más tiempo, al fin y al cabo se enteraría igualmente, siempre lo hacía—. He quedado, mañana salgo con...

—¿Silvia? —terminó Carlos sonriendo—. ¿En serio? Qué calladito te lo tenías, pillín. Enhorabuena, la verdad es que dudaba de que te atrevieses a pedírselo, pero ya veo que me equivocaba. —Lucas no dijo nada—. Un consejo. —Carlos siempre daba consejos a Lucas. Era una costumbre, casi un ritual—. Háblale de esta partida, te hará quedar bien.

—Pensaba hacerlo —asintió Lucas.

Y enseguida anotó en su cabeza no mencionar las cartas en la cita de mañana con Silvia, ni nada que tuviese que ver con el mus. Carlos pensaría que su consejo había sido tomado en consideración, y todos contentos.

Estaban llegando a casa de Carlos. Lucas se desvió por una zona industrial que conocía bien. Implicaba dar un pequeño rodeo, pero compensaba porque era un camino menos transitado. El Escarabajo vibró de un modo extraño y el volante tembló bajo las manos de Lucas. Aunque fueron pocos segundos, Lucas se asustó un poco. No era un conductor experimentado, ni mucho menos, y la fugaz impresión de perder el control del coche le sobresaltó. Miró a Carlos para ver si había notado algo. No lo parecía. Su amigo seguía hablando solo, relatando un sinfín de tretas que supuestamente harían caer a Silvia rendida a los pies de Lucas. Hablaba con la misma pasión que cuando le aleccionaba sobre el mus. Su voz sonaba tan convincente que podría ser la de un experto, sobre todo si no dijese tantas estupideces.

Tal vez la pequeña palpitación del Escarabajo había sido producto de su imaginación. Sí, esa era la explicación. Mucho mejor que considerar que el coche presentase algún problema mecánico. Lucas no podía negar que era bastante antiguo, y por tanto era probable que alguna pieza estuviera deteriorada. Aun así, no llevaba bien enfrentarse a la idea de que el Escarabajo se averiase. No sabía por qué, pero no quería ni considerarlo. Además, el coche iba de maravilla, siempre arrancaba a la primera, su comportamiento en carretera era suave y el motor respondía dócilmente a sus órdenes. Si estuviera estropeado lo notaría. O tal vez no...

De repente, el Escarabajo dejó de obedecer a Lucas. Estaban finalizando una curva muy cerrada a la izquierda cuando el volante se quedó fijo, a pesar de que Lucas intentaba girarlo con las dos manos. Circulaban a poca velocidad, dado que la curva era muy estrecha. El Escarabajo empezó a acercarse peligrosamente al borde de la calzada. Lucas no entendía qué pasaba, el pánico hizo que su corazón se disparara.

—¿Qué diablos... —exclamó Carlos, mirando fijamente la cara de miedo de su amigo.

Lucas no podía hablar. La sensación de no controlar el coche le asustaba hasta el punto de no permitirle razonar con claridad.

El tiempo se acababa. La curva continuaba con otra en sentido opuesto, formando una «S». Si Lucas no conseguía detener el coche, se saldrían de la carretera y se empotrarían contra una obra que había a la derecha.

Entonces, el Escarabajo derrapó. Lucas vio asombrado cómo el volante giraba a la izquierda sin que lo tocase. Las ruedas de atrás chirriaron sobre el asfalto y el coche se detuvo en seco.

—Eres un mal conductor —dijo Carlos.

Lucas iba a replicar que no había sido culpa suya, pero se calló. El tono de Carlos era de protesta, no de asombro. Carecía de la dosis de nerviosismo que le hubiese imprimido alguien que se hubiera dado cuenta de que el Escarabajo se había conducido a sí mismo. Carlos pensaba que Lucas había perdido momentáneamente el control del coche, y casi era mejor así.

—Yo... Lo siento —dijo Lucas.

—No pasa nada, no hemos chocado con nadie. Por mi parte esto no ha ocurrido. Vámonos antes de que venga algún coche. Además, el susto me ha quitado la borrachera.

A Lucas todavía le temblaban las manos, pero no podían quedarse allí. El Escarabajo se había quedado atravesado, bloqueando los dos carriles. Y ese no era el único problema.

—No arranca —dijo Lucas.

—¿Qué?

—¡Que no arranca! —gritó.

Era la primera vez que el Escarabajo no respondía

inmediatamente ante Lucas. Se había negado a ponerse en marcha cuando las llaves las giraban otras personas, al menos con Carlos y su primo Rubén, pero a él nunca le había sucedido. Lucas lo intentó una y otra vez, pero nada, era como si el coche se hubiese muerto.

—¿No estarás haciendo otro truquito de esos de «solo arranca cuando yo quiero»? —preguntó Carlos—. Te advierto que no voy a picar, ya me tomaste el pelo una vez.

—No es ningún truco —dijo Lucas claramente angustiado.

Lo último que necesitaba era discutir con Carlos. Para su amigo siempre se trataba de un truco, un juego o algo por el estilo.

Llegó un coche por la carretera y se detuvo a poca distancia. Lucas se puso aún más nervioso. En el carril opuesto se paró una furgoneta blanca a escasos metros del Escarabajo.

El conductor empezó a tocar el claxon con insistencia. Lucas volvió a intentar arrancar el coche pero no sirvió de nada.

—¿Tenéis algún problema? —gritó el conductor del coche.

Lucas iba a responderle que sí, pero el claxon de la furgoneta ahogó sus palabras.

—¡¿Quieres callarte, imbécil?! —gruñó Carlos a la furgoneta.

El claxon enmudeció.

—¡Despejad el camino! —rugió el conductor de la furgoneta.

—¡Eso intentamos, retrasado! —contestó Carlos—. Espera a que lo resolvamos y deja de pitar o te tragas el volante. ¡Anormal! Como me baje te...

—¡Carlos, no! —Lucas le sujetó por el brazo—. No empeoremos las cosas.

—Si es que no para de darle al claxon el muy payaso —rugió Carlos fuera de sí—. Así no se puede pensar, mira cómo el otro tipo nos ha ofrecido su ayuda —casi le salía espuma por la boca—. Ese sí es una persona decente, pero el gañán ese de la furgoneta...

—Yo hablaré con él —dijo Lucas—. Tú quédate aquí que la lías.

Carlos protestó. Lucas se desabrochó el cinturón y abrió la puerta justo cuando el Escarabajo resucitó. Una ola de alivio recorrió a Lucas al escuchar de nuevo el sonido del motor. Ni siquiera reparó, hasta mucho más tarde, en que no había tocado las llaves. Maniobró con rapidez para despejar la carretera y se fueron. Carlos sacó la cabeza por la ventanilla y aseguró al conductor de la furgoneta la suerte que había tenido de que no se hubiera bajado del coche.

Lucas dejó a su exaltado amigo en casa y se fue a la suya sin dejar de pensar en lo que había sucedido con el Escarabajo.

No durmió mucho.

5

Lucas desperdició la mañana del sábado frente al televisor. No se aburrió en exceso con la programación matinal. En realidad, era una sucesión de programas desprovistos de interés, perfectos para dejar la mente en blanco. Cuando su madre le llamó para comer, apenas recordaba nada de lo que había visto.

Su padre se sentó enfrente de él. No tenía buen aspecto. Una sombra de preocupación oscurecía su rostro y apenas hablaba. Lucas dudó si preguntarle o respetar su carácter, poco dado a exteriorizar sentimientos. Su madre también estaba muy callada.

Lucas iba por el segundo plato y su padre apenas había probado el primero. Ese simple hecho fulminó la indecisión de Lucas.

—¿Qué tal está Claudia? —preguntó.

No se le ocurría una manera indirecta de indagar y lo más probable era que su padre estuviese preocupado por su hermana.

—Está bien, supongo —contestó el padre de Lucas, ausente—. No es fácil saberlo.

—Pareces inquieto, papá. Si puedo hacer algo...

Su padre le miró y sacudió levemente la cabeza en un débil gesto de comprensión. Luego le contó lo que ocupaba sus pensamientos. Lucas comprendió a su padre inmediatamente, pero por desgracia no vio el modo de ayudarle.

La policía creía que alguien había tratado de matar al tío Óscar. Ya no se trataba de un accidente, la suerte o el destino no tenían nada que ver. La muerte de Óscar había sucedido porque alguien así lo había planeado.

Le costó bastante aceptarlo. Un asesinato era algo corriente en la televisión, pero a Lucas le resultaba algo inimaginable en la vida real. No conocía a nadie que hubiese pasado por algo semejante. Era el tipo de acontecimiento terrible que uno jamás piensa que le va a tocar vivir a él o a su familia. Las conclusiones de la policía estaban basadas en una posible manipulación de los frenos del coche que Óscar conducía cuando sufrió el accidente. Lucas no entendía nada de mecánica, con lo que no retuvo los detalles, aunque tampoco le importaban. Lo prioritario en su inexperta opinión era averiguar el móvil del crimen, si realmente lo era, y, sobre todo, saber si alguien más de la familia estaba bajo amenaza.

Naturalmente, su padre le aseguró que nadie más corría peligro, pero Lucas no le creyó, era obvio que no quería que se preocupara. Lucas no temió en ningún momento por sí mismo; al fin y al cabo, ¿quién iba a querer matarle? Su tío Óscar era rico y sin duda el motivo del asesinato guardaba relación con su fortuna. Lucas, en cambio, no tenía nada, pero sí temió por su familia. ¿Y si el asesino iba a por sus padres o a por Claudia?

Terminaron de comer en silencio. A Lucas le costó dejar de pensar en su tío Óscar y en la posible causa de su muerte. Confiar en la policía para resolver el asunto no le inspiraba demasiada confianza, pero ¿qué otra cosa podía hacer?

La siesta que tenía programada para justo después de comer tuvo que ser cancelada. Lucas se recostó en el sofá, frente al televisor, y se arropó con su manta de cuadros. Todo era perfecto, incluso recordó apagar el móvil para evitar interrupciones, pero el sueño se negó a acudir. Sus pensamientos se revolvían inquietos, armando un escándalo en su cabeza que le impedía relajarse. Comprobó la hora. Apenas había estado echado veinte minutos.

El resto de la tarde la pasó sacudido por los nervios de su inminente cita con Silvia. En una ocasión, comieron juntos en un chino después de clase, pero aparte de eso, nunca la había visto fuera de la universidad. Repasó todo lo que sabía de ella, que no era demasiado, para estar preparado. Quería causar buena impresión, como es lógico, o por lo menos, no meter la pata, para lo que era imprescindible interpretar correctamente las señales, la primera de las cuales era que hubiera aceptado salir con él un sábado. Un gran comienzo, aunque no suficiente. La sombra de algunos rechazos sufridos en el pasado aún oscurecía parte de sus recuerdos, y tras repasarlos brevemente, Lucas vio que habrían sido fácilmente evitados si hubiese prestado la debida atención a los pequeños detalles, y no tan pequeños, en lugar de precipitarse en sus conclusiones. Esta vez no cometería el mismo error, claro que esperar más de lo debido le haría parecer inseguro. ¿Y cuánto tiempo era el debido?

Menuda tortura. Lucas no sabía por qué le daba tantas vueltas. Ya había estado con muchas chicas desde los catorce años, cuando dio su primer beso. No con tantas como le habría gustado, ni como algunos de sus amigos más favorecidos físicamente, pero sí con un número nada despreciable. Debería estar más calmado. Lo único que tenía que hacer era evitar cualquier tema con posibilidades de desembocar en una discusión y procurar que Silvia se riera. Esa era la única regla que siempre le había funcionado. Si la chica no se ríe, mal asunto.

Se vistió un total de cuatro veces antes de salir por la puerta de su casa. La tercera vez ya estaba absolutamente convencido de que su imagen era la adecuada cuando de repente reparó en que llevaba los mismos pantalones que la última ocasión en que habían estado juntos, cambiarlos implicaba modificar el resto del atuendo para ir a juego, así que vuelta a empezar. Con el siguiente intento se sintió satisfecho, lo que fue una suerte, dado que ya iba con el tiempo justo.

Llegó a las taquillas del cine a la hora acordada. Solo tuvo que esperar a Silvia quince minutos; podría haber sido peor. De hecho, consideró que así era perfecto. Tal vez resultaba algo anticuado, pero Lucas creía que a las chicas les gustaba llegar tarde a propósito y prefería ser él quien esperase, en vez de retrasarse y empezar con una disculpa.

Silvia estaba preciosa. Se apreciaba más maquillaje del que solía usar y su pelo lucía un peinado que

Lucas nunca le había visto. Significaba que se había arreglado, lo que era una señal excelente. No se habría molestado tanto por alguien que no le interesara.

—Hola, Lucas. ¿Preparado para una película de amor?

—Claro que sí —contestó Lucas apresuradamente—. Quedamos en que tú elegías. Espero que sea buena.

—No te preocupes, no soy tan cruel. He sacado entradas para una película que creo que te gustará.

Lucas intentó disimular su alegría ante la noticia.

—Las de amor también me gustan. No son mi género favorito, eso es verdad, pero hay algunas que son muy buenas.

—Seguro que sí. Pero esta te gustará más —prometió Silvia con una sonrisa.

Y de un modo inesperado, Lucas disfrutó mucho más de lo que había imaginado con la película. A él jamás se le hubiera ocurrido optar por el género de terror para una primera cita, sin duda habría escogido una película romántica al considerar que esta opción cuenta con más posibilidades de que a la chica le guste, que es el verdadero objetivo. Un gran error a la vista de los resultados. Cada vez que moría alguien o que uno de los protagonistas se quedaba solo, Silvia agarraba su mano con fuerza, llegando en algún caso a acurrucarse fuertemente contra él. Bastante mejor que ver una lágrima resbalando por su mejilla, como consecuencia de un drama sentimental destinado a favorecer un reencuentro romántico. Lucas tomó nota mental, muy contento, de incluir las películas de miedo como una excelente opción para futuras primeras citas.

Silvia no le había permitido pagar su entrada, insistiendo en que ella había escogido la película y que podía haber sido un bodrio insufrible. Al pensar en ello, Lucas volvió a sentirse anticuado por considerar que el hombre era quien debía pagar, como mínimo, su parte. Era una norma convencional que no reflejaba los tiempos actuales, pero a Lucas le habían inculcado lo contrario. Encontró el modo de arreglarlo, aprovechando para dar el siguiente paso que tenía previsto.

—Entonces te invito a una copa para corresponderte. No puedes negarte.

Resultó que a Silvia tampoco le gustaban las discotecas. Lucas la llevó a un bar donde ponían música a un volumen que permitía mantener una conversación. Pidió una copa para ella y una cerveza para él.

—Si pretendes emborracharme, tendrás que acompañarme —dijo Silvia, señalando la cerveza de Lucas.

—Yo no puedo beber más que una cerveza, tengo que conducir.

—¿Siempre eres tan formal? —preguntó ella.

Lucas no logró descifrar la intención de la pregunta. ¿Le estaba retando a beber o se sorprendía de que no quisiera beber si conducía? No estaba seguro. Siempre hay un punto tentador en transgredir las normas establecidas, una especie de aire rebelde que solía atraer a las chicas, y, por alguna razón, no le parecía que causara buena impresión negarse a beber con ella.

—Solo cuando conduzco —contestó Lucas—. Pero si quieres que bebamos juntos no me voy a oponer. Puedo dejar el Escarabajo y volver a por él mañana.

La idea se le antojó muy tentadora a Lucas, como si se le hubiese ocurrido a otra persona en vez de a él mismo y la acabase de escuchar. Sonrió sin darse cuenta.

Silvia pareció meditar la sugerencia.

—Interesante... En realidad, es mejor que no bebamos ninguno. No quiero despertarme mañana con dolor de cabeza. No sería un gran recuerdo de esta noche, ¿no crees?

Lucas asintió algo aturdido. De nuevo, no supo discernir el significado oculto tras las palabras de Silvia. En su opinión, las mujeres no eran muy dadas a hablar directamente, siempre recurrían a insinuaciones y frases con varios sentidos. Estaba confundido. Lo que había quedado claro es que no contaría con la ayuda del alcohol para hacer reír a Silvia. Si recurría a un chiste malo, ella no se reiría tontamente de ese modo característico de quien ha bebido más de la cuenta, más bien le clavaría una dura mirada, tal vez de lástima. Tendría que poner cuidado en lo que decía, no podía estropearlo todo.

Y ese era el problema. No se le ocurría nada que decir. El silencio duraba ya varios segundos y empezaba a volverse incómodo el ambiente. El cuello de la camisa le apretaba y tenía más calor. Debía decir algo, contar una anécdota. Entonces le vino a la cabeza su partida de mus con Carlos. Se había prometido no mencionarlo, pero ¿y si Carlos tenía razón? Según su amigo, a las mujeres les gustaban los ganadores de lo que sea, al menos no perjudicaría su imagen comentar que habían pasado a la final.

—¿Cómo os va en el torneo de mus? —preguntó Silvia de repente.

—Muy bien. —Lucas casi no se lo creía. Ella había sacado el tema con lo que no quedaba como un fanfarrón hablando de ello. ¡Qué suerte!—. Ganamos la semifinal. Ya solo nos queda una partida más —añadió en tono indiferente.

—Carlos debe de estar muy contento.

Su voz no sonó del todo normal. Había algún resto de... irritación en ella. Esa impresión le dio a Lucas.

—Ya sabes que para él el mus es una religión. Está en la gloria.

—¿Y tú?

La pregunta sonó muy seca. A Lucas le pitó una alarma en la cabeza. Silvia no apreciaba a Carlos y parecía lógico que el mus tampoco fuese de su agrado. Lucas tuvo la desagradable sensación de que estaba evaluando cuánto le gustaba a él el mus. No, no era eso exactamente. Silvia quería ver cuánto de Carlos había en él. Se le pasó por la cabeza mentir, pero no lo hizo. Una cosa era tratar de agradar a una persona, suavizando algún aspecto de su personalidad y otra fingir ser alguien distinto. Lucas no sentía vergüenza de quién era o de sus amistades. No mentiría.

—Yo también estoy muy contento —dijo bajando los ojos levemente—. No pensé que llegaríamos tan lejos. Sobre todo porque no soy muy bueno. Pero Carlos es un genio y yo me alegro de no fallarle.

—¿Tan importante es ese torneo?

—Para Carlos sí. Puede que no sea algo muy transcendental, pero para él es su vida y no hace daño a nadie. Yo me divierto y le ayudo a realizar su sueño. Suena un poco estúpido pero él siempre me ha ayudado, como es mayor que yo... Esta es una ocasión que tengo de darle algo a él. Aunque solo sea un campeonato de un juego de cartas.

No estaba muy seguro de cómo se tomaría Silvia sus palabras, pero Lucas había sido sincero. Eso era lo importante.

—Eres una gran persona —dijo ella, acercándose y mirándole a los ojos—. Carlos tiene suerte de que seas su amigo. ¿Me enseñarás a jugar algún día?

—Pues claro que sí. —Lucas se sintió desbordado de felicidad por la reacción de Silvia—. Cuando quieras. Ya verás, es un juego muy entretenido...

A partir de ese instante la conversación fue mucho más fluida. Se tantearon el uno al otro de manera natural y distendida. Comprobaron que en cuanto a música no tenían gustos afines, así que saltaron rápidamente al tema del cine. Ahí ya fueron capaces de encontrar varias películas que les gustaron a ambos, aunque por razones diferentes, como comprobaron al contrastar sus impresiones. Ropa, estudios..., un poco de todo. Una hora más tarde, entraron en el tema de los ex novios y novias, y todo se puso mucho más interesante.

Silvia sorprendió a Lucas hablando con soltura de cómo le gustaban los hombres. No podía evitar comparar cada detalle que ella mencionaba consigo mismo para ver si cuadraba con sus gustos. El resultado fue razonablemente bueno y llevó a Lucas a convencerse de que Silvia sentía algo por él. El momento de besarla se acercaba, lo notaba. Estaban muy juntos, ajenos a la muchedumbre del bar que les rodeaba, en los últimos minutos sus cabezas se habían acercado varios centímetros y ya solo estaban separadas por un palmo escaso. Lucas lo había hecho deliberadamente, tanteando el terreno. Ella no había retrocedido.

Posponerlo más era innecesario, puede que incluso un error. Silvia podría pensar que no se atrevía.

Era el momento adecuado. Lucas se lanzó.

—¡Me importa un huevo! —gritó una voz muy cerca.

Alguien les empujó. Lucas maldijo internamente al entrometido.

—Lo siento —dijo un individuo con gesto de enfado.

A él también le habían empujado. La gente estaba apartándose ante la posibilidad de una pelea entre dos tipos que estaban enfrentados a unos pocos metros. Lucas suspiró. Conocía a uno de ellos.

—Si vuelves a acercarte a mi hermana te rompo la cara, imbécil —amenazó Carlos a un chico de aspecto nervioso.

—Ha sido ella quien me ha invitado. Pregúntale si no me crees —repuso el adversario de Carlos.

—¿Tiene pinta de importarme eso? —dijo Carlos—. Ya me has oído.

Lucas vio a Nuria, la hermana menor de Carlos, algo apartada de ellos atravesando a Carlos con una mirada de odio. Lucas casi podía imaginar lo que había sucedido. Pero no tenía tiempo que perder. Se acercó a toda prisa a su amigo, resuelto a impedir una pelea. Un amigo del otro chico hizo lo mismo y cruzó una mirada de complicidad con Lucas.

—Carlos, ya basta —dijo Lucas.

Carlos apenas le reconoció. Sus ojos no se despegaban del otro chico. Lucas se metió en medio y le obligó a mirarle.

Intercambiaron un par de insultos, pero al final se separaron sin que llegase a suceder nada. Carlos regresó con su hermana, Lucas fue a buscar a Silvia y se reunieron los cuatro.

—¿Es eso lo que quieres? ¿Salir con chicos mayores? —preguntó Carlos a Nuria—. ¡Ese payaso es de mi edad!

—Es decisión mía, no tuya —respondió Nuria con mucho nervio.

Nuria tenía dieciséis años. Tres años menos que él y seis menos que Carlos. Lucas no se atrevía a interferir, pero estaba de acuerdo con Carlos, a pesar de que ella tenía razón. Si él tuviese una hermana de dieciséis años no le gustaría verla con un tipo de veintidós. Probablemente su reacción sería más comedida que la de Carlos, pero interiormente estaría igual.

—Eres una ingenua —dijo Carlos—. Solo te quiere para presumir. No eres más que una anécdota que contará en la universidad a sus amigos. Pensaba que eras más inteligente.

—Habló el rey de las cartas —repuso Nuria—. ¿Le conociste jugando al mus? A ver si lo adivino. Echabais una partidita y mientras tanto intercambiabais historias de vuestras conquistas. Por eso sabes para qué me quiere. ¿Me equivoco?

—Parece mentira que no lo entiendas —dijo Carlos—. Hago esto porque me preocupo por ti. Si no fuese así, me daría igual los errores que cometieses.

—Eso no te da derecho a meterte en mi vida. Hay formas mejores de preocuparse por mí que montando una pelea de borrachos. Haber intentado hablar conmigo. Ahora todo el mundo sabrá que tengo un hermano neurótico y ningún chico se me acercará. Espero que estés contento, señor protector.

Carlos no respondió. En vez de eso se mordió el labio.

Tanto Silvia como Lucas se quedaron impresionados. Ver a Carlos en una faceta tan paternal era todo un espectáculo. No se correspondía con lo que solía mostrar de sí mismo, siempre en busca de una buena juerga. Se notaba que era sincero, pero algo no terminaba de encajar, como si le faltase práctica.

Lucas aprovechó el parón para intervenir. Saludó a Nuria, quien le dio un fuerte abrazo, y se la presentó a Silvia. La tensión se rebajó un poco. De todos modos, Lucas tomó nota de matar a Carlos en otra ocasión por impedir su primer beso con Silvia.

—Me gusta tu novia —dijo Nuria con un gesto de aprobación—. Es muy guapa.

—N-No es... —Lucas se atragantó y se puso rojo de vergüenza—. No somos novios.

—Ya. Por eso casi no puedes ni hablar —dijo Nuria—. ¿No podrías ser como él? —le preguntó a Carlos—. Seguro que Lucas sí entiende a las mujeres.

Lucas captó el brillo de impotencia en los ojos de Carlos y se apresuró a mediar entre los hermanos.

—Tengamos la fiesta en paz que ya pasó todo. ¿No podemos tomarnos una copa los cuatro juntos?

—La niña esta que es tan lista tiene que irse a casa —dijo Carlos con desdén—. Tengo que acompañarla.

—Puedo ir sola. No soy tonta. ¿Crees que no puedo hacer nada sin tu supervisión? —replicó Nuria.

—Te juro que a veces la mataba... —murmuró Carlos.

Lucas le agarró por la muñeca.

—Tengo una idea. Yo os acercaré, mi coche está aparcado ahí fuera.

—¡Genial! —dijo Nuria—. El comisario Carlos me ha dicho que es muy chulo. Un Escarabajo, ¿no?

Carlos se contuvo y no replicó a la ofensa de su hermana. Silvia les observaba extrañamente divertida. Lucas se infló de orgullo al escuchar una alabanza hacia su querido Escarabajo.

Mientras caminaban hacia el coche, Lucas rezó para que no hubiese cambiado de sitio. Llevaba varios días sin hacerlo, pero nunca se sabía. Afortunadamente, no hubo problemas. El coche estaba donde debía, aguardando pacientemente sin moverse. Lucas se lo agradeció mentalmente, como si mantuviese un vínculo telepático con el Escarabajo. Le gustaba imaginar que el coche le entendía.

A Nuria le encantó y Lucas casi se deshizo de gusto. La inquieta hermana de Carlos repasó todos los detalles del coche y realizó un montón de preguntas. A Lucas le extrañó tanto interés por un coche en una chica de dieciséis años.

—¿Puedo sentarme delante? —preguntó Nuria, endulzando exageradamente la voz.

—Si a tu hermano no le importa.

—Por mí no hay problema —dijo Carlos—. No vaya a ser que la niña se agarre otra rabieta. No te molesta que vaya detrás con tu novia, ¿verdad?

—¡No estamos juntos! —contestó Silvia, molesta.

A Lucas le pareció que no hacía falta negarlo con tanta energía. Al fin y al cabo, habían estado a punto de besarse, ¿o eran imaginaciones suyas?

—Tranquila —dijo Carlos—. Saqué una conclusión equivocada. Como estabais juntos en el bar pensé que...

—Se te dan mejor las cartas que las mujeres —atajó Silvia.

—Definitivamente, esta chica me gusta —dijo Nuria.

—Tú no te metas —le advirtió Carlos a su hermana—. Y tú —le dijo a Silvia—. A mí no me engañas. Se te nota que te gusta Lucas. Ya veremos si estoy o no equivocado.

Lucas deseó que no lo estuviese. Se armó de paciencia y logró que todos entrasen en el Escarabajo. Demasiada tensión concentrada dentro de su coche. Tres personalidades muy fuertes y en discordia. Mantener la paz entre ellos iba a ser tarea suya, por lo visto.

Su primera idea fue encender la radio para ver si la música reemplazaba la conversación tan tirante que mantenían. Fue un error, empezaron a discutir sobre la emisora. Cada uno tenía una preferencia distinta, ni siquiera las chicas, que al menos coincidían en la opinión de que Carlos no entendía de mujeres, compartían el gusto musical. Recorrieron tres manzanas y Lucas apagó la radio. Le estaban volviendo loco. Solo necesitaba mantener la paz un rato, hasta llegar a casa de Carlos. Luego podría retomar su cita con Silvia, y, si tenía suerte, seguir por el momento exacto en que les habían interrumpido.

Pero no contaba con un nuevo imprevisto.

—No es por ahí —dijo Nuria—. Deberías haber girado a la derecha.

Y esa había sido su intención, pero no la del Escarabajo.

Lucas enmudeció de repente al notar que el volante giraba en la dirección opuesta, al margen de su voluntad. Los pedales también subían y bajaban sin que él pudiese hacer nada por evitarlo. El coche empezó a circular por sí solo.

—¿Qué estás haciendo? ¿Es una broma? —gritó Nuria, asustada.

Carlos y Silvia se inclinaron hacia delante y vieron a Lucas luchando con el volante. Nuria, sentada en el asiento del copiloto, tenía el rostro desencajado.

—¿Qué ocurre, Lucas? —preguntó Silvia.

—N-No puedo controlarlo —dijo Lucas.

—Muy bueno, amigo —dijo Carlos—. Es otro truco, ¿no? Eres un poco pesado con el cochecito. Estás asustando a las chicas.

—¡No es un truco! —gritó Lucas con una nota de desesperación en la voz. Se apartó del volante y levantó las manos en el aire, para que viesen que no estaba conduciendo él—. El coche se mueve solo —añadió al borde de la histeria.

A todos les quedó claro su increíble y desesperada situación. La expresión de Lucas por sí sola hubiese convencido al más escéptico de que estaban metidos en un aprieto. Nuria dejó escapar una exclamación aguda cuando el Escarabajo cambió de carril para esquivar a un motorista. Silvia le pedía a Lucas que hiciese algo. Carlos alargó la mano y tiró del freno de mano. No funcionó, la palanca no se movió ni un milímetro, pero había sido una buena idea, debería habérsele ocurrido a él.

Lucas se reprendió por no reaccionar y tener alguna iniciativa como la de Carlos. Era su responsabilidad. Si algo le sucedía a alguien... No quería ni pensarlo. Él era el único que estaba al corriente de que algo insólito sucedía con el Escarabajo. No debería haber permitido que nadie subiese al coche sin saber qué era, pero eso ya no tenía remedio. Se obligó a mantener la calma. Tenía que encontrar el modo de sacarles del coche antes de que le pasara algo a alguien.

Se dio cuenta de un detalle muy significativo

—Callaos un momento —ordenó—. El coche no lo controlamos, pero es evidente que sabe por dónde va o ya nos habríamos estrellado.

Funcionó. Se callaron y miraron por las ventanillas. Efectivamente, el Escarabajo se desplazaba por las calles de Madrid como si las conociese de memoria. Tomaba curvas y mantenía una velocidad prudente.

—Me parece muy bien —dijo Carlos—. Pero preferiría saber quién controla este maldito trasto.

—Si nos ponemos a chillar histéricos no daremos con la respuesta —señaló Lucas.

—Tiene que haber un modo de detenerlo —dijo Silvia.

De repente el coche frenó. Estaban en un semáforo en rojo.

—Corred —apremió Lucas—. Salgamos del coche.

Lucas y Nuria trataron en vano de abrir sus respectivas puertas.

—Deprisa —gruñó Carlos—. Déjame a mí. —Se tumbó sobre su hermana y alargó la mano hasta llegar a la puerta. Tampoco fue capaz de abrirla—. ¡Esto es una cárcel con ruedas! Es imposible salir.

Golpeó el cristal de la ventanilla, primero con la mano y luego con el pie. Tuvo que tumbarse boca arriba sobre Silvia para poder patear la ventanilla. No surtió efecto. No se podía bajar y tampoco romper.

—Déjalo, Carlos —dijo Lucas—. No se puede.

El semáforo se puso en verde y el Escarabajo reanudó la marcha.

—¿Y qué quieres que haga? —dijo Carlos, furioso—. ¿Que me resigne a estar prisionero aquí? ¡Tengo que sacar a mi hermana!

—Ya lo has intentado —argumentó Lucas—. Las ventanillas resisten lo que sea. Tenemos que pensar en otra cosa.

—Lucas tiene razón —dijo Silvia—. Si no dejas de dar coces nos harás daño a alguno.

Carlos reaccionó y volvió a sentarse como una persona normal.

—¿Alguien tiene alguna idea de dónde nos lleva? —preguntó Nuria.

A Lucas le pareció la pregunta acertada. ¿Por qué no había pensado en eso? Repasó brevemente los episodios en los que el Escarabajo se había movido. Excepto la noche anterior, cuando se detuvo en medio de dos curvas mientras acompañaba a Carlos a casa, siempre había sido para ayudarle. El ejemplo más evidente fue durante su pelea con Gabriel; de no ser por el coche le habrían dado una buena paliza. Entonces, afloró una sensación que siempre había albergado sin ser plenamente consciente de ello. El Escarabajo le protegía, le ayudaba de algún modo. Era del todo improbable que el coche les llevase a un lugar que les perjudicase.

—Alguien controla este cacharro a distancia —le aseguró Carlos, observando al Escarabajo tomar una curva.

—¿De qué estás hablando? —preguntó Silvia—. ¿Cómo lo sabes?

—¿Tienes una explicación mejor? A lo mejor crees que el coche está vivo —se burló Carlos.

—¿A lo mejor crees que nos están secuestrando con un coche teledirigido? —repuso Silvia.

—Es más creíble —insistió Carlos, elevando la voz.

—Dejadlo ya —dijo Lucas—. No sabemos lo que pasa y punto.

—Estás muy tranquilo —apuntó Carlos—. Demasiado, dadas las circunstancias.

—No desvaríes, Carlos —dijo Nuria, que conocía perfectamente las expresiones de su hermano mayor—. ¿Qué insinúas?

Carlos miró a su hermana con gesto reflexivo.

—El coche es suyo, ¿no? Puede que Lucas sepa algo que no nos ha contado.

Silvia le empujó de repente.

—Estás mal de la cabeza. ¿Esa es la confianza que tienes en tu amigo?

El Escarabajo terminó con la discusión. Se salió de la carretera y se paró en medio de una glorieta, justo en el centro.

Estaban en un polígono industrial. Se veían enormes naves por todas partes y ningún vehículo. Era lo normal un sábado por la noche. Lucas examinó los alrededores en busca de una posible razón para que se hubiesen detenido justo allí. No vio nada que le resultara familiar.

—¿Y ahora qué? —protestó Carlos.

—¿Alguien ve algo que nos dé una pista de por qué estamos aquí?

Nadie contestó. Era evidente que no tenían ni idea. Sin embargo, Lucas presentía que había un motivo, una justificación para su presencia allí.

—Quizá se ha quedado sin gasolina —aventuró Carlos.

—No es eso —dijo Lucas tras comprobar el indicador—. Mirad bien. Tiene que haber algo por lo que nos ha traído aquí.

—¿Qué? —exclamó Carlos—. ¿Por qué va a haber una razón? —Antes de que nadie respondiese, el Escarabajo volvió a moverse. Salió de la glorieta y se incorporó a la carretera—. Ahí lo tienes. Si quería que viésemos algo, ¿por qué nos aleja del lugar?

—No lo sé —admitió Lucas—. Puede que ya lo hayamos visto.

—La verdad es que es alucinante —comentó Nuria—. Si lo pensáis bien, esto es algo increíble que no le ocurre a nadie.

Carlos resopló, enfadado.

—Lo que faltaba. Mi hermanita con sus delirios de adolescente. ¡Claro que no le ocurre a nadie! Lo que no entiendo es que te guste estar encerrada en esta lata con ruedas, dando una gira por las calles más feas de Madrid.

—No tienes sentido de la aventura —repuso Nuria, obstinada—. No ves que esto es un hecho único. Nunca nos volverá a pasar algo parecido. Deberías disfrutarlo.

—Increíble. Realmente lo pasas bien, ¿verdad? —preguntó Carlos—. Reza para que no te entren ganas de mear antes de que nos suelte el trasto este o tu diversión se tornará húmeda y amarga.

—Eres un imbécil —dijo Silvia—. ¿Por qué no la dejas tranquila? ¿Qué más da si se lo pasa bien? ¿Prefieres verla asustada o con una crisis nerviosa?

—No. Pero tiene que entender que no estamos paseando. ¡Estamos encerrados! No es para celebrarlo.

El coche siguió circulando con toda normalidad, muy respetuoso con el código de circulación. Lucas estaba absorto en el Escarabajo. No podía dejar de mirar al volante girar solo, incluso los intermitentes se accionaban cuando debían. Todo funcionaba a la perfección.

—El coche nos conduce a algún sitio concreto —dijo, hablando por primera vez en un buen rato.

—Bravo, amigo —dijo Carlos—. Una deducción notable.

—Me refiero a que hay un propósito claro detrás de todo esto —dijo Lucas sin ofenderse por el sarcasmo de Carlos—. Mirad qué bien conduce. Intermitentes, límites de velocidad, circula por su carril... Esto no es producto del azar. Está yendo a algún lugar porque así lo ha decidido.

—¿Quién lo ha decidido? —preguntó Silvia.

Carlos asintió enérgicamente. Por una vez estaba de acuerdo con ella.

—Ha sido el coche —dijo Nuria, dándose impor tancia.

—No seas ridícula —atacó Carlos.

—Aún no lo sabemos —dijo Lucas—. Pero nc

algo aleatorio o fortuito. Sugiero que prestemos atención al sitio donde vayamos.

Si, efectivamente, había una razón para que les condujesen allí, no era fácil deducirla. El Escarabajo se había parado de un modo algo brusco sacando medio coche fuera de la calzada. Al principio, todos pensaron que se iban a estrellar. Circulaban por una calle recta que más adelante se separaba en forma de «Y». El Escarabajo continuó recto, sin decidirse por ninguno de los dos caminos que se abrían enfrente, y terminó con las ruedas delanteras fuera de la calzada, justo donde se dividía en dos la carretera.

—Puede que no sepa por dónde ir —dijo Carlos. Le gustaba ser el primero en opinar.

—No lo creo —le contradijo Lucas estudiando los alrededores—. Estamos donde debemos estar. Lo sé.

—Yo no veo nada —dijo Nuria.

Porque no había nada que ver. Estaban a las afueras del polígono industrial en una vía que se bifurcaba para incorporarse a una calle más grande. Una farola parpadeaba irregularmente, amenazando con privarles del único foco de luz que tenían.

No se veía ningún edificio cerca.

—Es complicado saber qué hacemos en este lugar —dijo Silvia—. Estamos en un sitio muy aislado. Aquí no hay nada.

Lucas no pudo rebatir el argumento de Silvia. ¿Se estaría equivocando respecto al Escarabajo? Le atravesó una punzada de impotencia al verse incapaz de dar con la explicación. Por más que miraba fuera no daba con nada que le ayudase a entenderlo.

—El coche te lo dio tu tío, ¿no es así? —dijo Nuria de repente. Lucas asintió. No adivinaba qué pensaba la hermana de Carlos—. La razón tiene que estar relacionada contigo o con tu tío. Piensa en este lugar, ¿te suena de algo? —Lucas negó con la cabeza. Carlos y Silvia escucharon muy atentos. Carlos, en particular, no dejaba de asombrarse de su hermana pequeña—. ¿Tiene algún significado para tu familia? —Lucas volvió a negar—. ¿Le pasó algo a tu tío aquí?

Era impresionante el empuje de Nuria. Se le ocurrieron muchas más preguntas, pero no hallaron nada que les ayudara a aclarar su situación. Lucas se devanó los sesos en recordar todo lo que pudo de su tío Óscar, pero era bien poco. Desde que escuchó el testamento por primera vez, nunca había entendido por qué le había dejado a él el coche y no a alguno de sus hijos.

El tiempo pasó y el Escarabajo volvió a ponerse en movimiento. Dio marcha atrás y volvió por el camino que les había llevado hasta allí.

—Esto empieza a ser insoportable —dijo Carlos—. Necesito estirar las piernas.

—Admito que ya no sé de qué va todo esto —dijo Lucas, derrotado.

Silvia alargó el brazo y acarició el cuello de Lucas.

—No te rindas aún. Verás cómo averiguamos lo que pasa.

—Además, tienes razón en que no es casual —dijo Nuria sin despegar los ojos de su reloj—. El coche nos ha tenido en ese sitio el mismo tiempo que en la glorieta de antes, tres minutos. La primera vez me di cuenta por casualidad. La segunda vez lo cronometré.

—¿Crees que el tiempo es significativo? —preguntó Lucas.

—No le animéis más —dijo Carlos. Se volvió hacia Silvia—. No teníamos que haber dejado a esos dos sentarse juntos ahí delante. Me dan miedo.

—No sé si los tres minutos son importantes —dijo Nuria, ignorando a su hermano—. Pero sí me parece interesante que el Escarabajo se detenga la misma cantidad de tiempo.

A Lucas también se lo pareció. Y acto seguido pasó a explorar las nuevas posibilidades de esa información. ¿Qué se puede hacer en tres minutos que guarde relación con esos lugares y con un coche que anda solo? Tal vez... Nada, no se le ocurrió nada en absoluto. Le daba vergüenza confesarlo, hasta que vio la frente arrugada de Nuria y su expresión de sufrimiento, y supo que ella tampoco sacó ninguna conclusión.

—Juraría que volvemos por el mismo camino —dijo Silvia.

Era obvio que eso estaba pasando. El Escarabajo recorrió el mismo trayecto que había tomado pero en sentido contrario. Acabaron en la misma glorieta que en la que se habían detenido anteriormente.

—Este coche es idiota —comentó Carlos. Como siempre, fue el primero en hablar. Se notaba que ya había asumido la situación y estaba más relajado—. Os digo que se ha perdido.

—No digas sandeces —le atacó Silvia—. Que no entendamos lo que sucede no significa que no haya una explicación.

—Tu novia no me cae bien —dijo Carlos.

—¡Callaos! —gritó Lucas. No se dio cuenta de que su voz sonó con mucha fuerza, autoritaria. Acababa de descubrir algo importante. Los demás le observaron con expectación—. La puerta. ¡Está abierta!

Nuria comprobó la suya y se abrió sin problemas. Salieron del coche a toda velocidad, como si una bomba fuese a estallar dentro.

—Qué gusto, por Dios —exclamó Carlos, estirando las piernas.

—Creo que siempre estuvieron abiertas cuando nos parábamos —dijo Nuria con gesto reflexivo—. Asumimos que estaban cerradas y no lo comprobamos.

Lucas estaba maravillado con Nuria. Sus conclusiones concordaban con la idea que él tenía. Llegó el momento de contarle lo que sabía.

—Creo que tienes razón, Nuria. Nos encerraba durante el viaje para que no nos pasara nada, pero al pararse nos permitía salir.

—Queréis dejar de hablar así —intervino Carlos, enfadado—. No es un ser vivo, es un maldito coche. Y si nos deja salir cuando se para, ¿por qué no pudimos abrir las puertas en el semáforo? Estábamos totalmente quietos.

—Quería traernos aquí —dijo Lucas muy seguro.

—¡Bah! No tenéis remedio —Carlos sacudió la mano con desprecio—. Lo importante es que hemos salido. No pienso volver a entrar en ese trasto. Si al menos nos hubiera dejado cerca de una parada de autobús... Pero no, tenía que traernos a este asqueroso polígono industrial donde no hay ni un alma.

—Un momento —dijo Lucas—. El Escarabajo tiene voluntad propia. Sé cómo suena lo que digo pero es verdad. Me... ayuda. El coche cuida de mí y no estoy loco. Escuchad...

Lucas se esforzó por relatar los increíbles episodios vividos con el Escarabajo ciñéndose a la verdad con mucho rigor. Les contó la pelea con Gabriel, sus cambios de ubicación y cómo se había «curado» de la raya que le habían hecho en el lateral. Le escucharon sin interrumpirle. Al terminar, la cara de Carlos no dejaba lugar a la interpretación. No se creía una palabra.

—Lucas, amigo —dijo Carlos con suavidad—. Deberías habérmelo contado antes. Debes de padecer estrés o algo así. Tú sabes que lo que has contado no puede ser verdad.

—Yo te creo —dijo Silvia, dando un paso al frente—. Es difícil de aceptar pero me fío de ti.

A Lucas le invadió una ola de felicidad. Ardió en deseos de abrazar a Silvia allí mismo y hacerla saber lo que sus palabras de apoyo habían significado para él.

—¿Cómo no? —gruñó Carlos—. Estás enamorada de él. Te tragarías cualquier cosa. ¿En serio crees que es bueno animarle a pensar que su coche está vivo?

—No digo que esté vivo —le corrigió Lucas—. Pero hay algo. Mi tío me lo envió por una razón y tenemos que averiguarlo. Me falta algo por decir. No murió en un accidente. Le asesinaron y yo heredé el coche. Puede que el Escarabajo tenga algo que ver.

—¡Esto es demasiado! —gritó Carlos, tirándose de los pelos—. Tenéis que despertar, en serio. Lucas, no puedes creer lo que dices.

—Yo también te creo —dijo Nuria.

—Esto cada vez se pone mejor —dijo Carlos, encarando a su hermana—. ¿Tú también?

—No creo que el coche esté vivo ni nada de eso —aclaró Nuria sin amedrentarse ante su hermano mayor—. Pero sí pienso que Lucas está diciendo la verdad. Él cree firmemente en lo que nos ha contado.

—Pues claro que sí —dijo Carlos—. Por eso tenemos que ayudarle, porque de verdad cree en ello. ¡Que esto me esté pasando a mí! Estáis todos locos. ¿Qué esperáis encontrar en un coche que se para en glorietas y en una bifurcación en forma de «i» griega?

—¡Eso es! —le interrumpió Silvia con un chillido. Bajó la cabeza y empezó a mirar al suelo. Los otros la imitaron buscando lo que le había llamado la atención—. Ya lo entiendo. ¡Es increíble!

—¿Se puede saber qué nueva locura se te ha ocurrido? —preguntó Carlos con un suspiro largo.

—Lucas. Tu tío te lo envió por un motivo y creo que sé una parte al menos —dijo Silvia. Hablaba muy rápido, dominada por la emoción—. No lo entendí hasta que me dio una pista el aguafiestas este.

—¿Yo? —dijo Carlos muy sorprendido.

—¿Qué es? —dijo Lucas—. ¡Dímelo!

—¿Tu tío sabe lo que estudias?

Lucas asintió confundido. ¿Qué tenía que ver la carrera que estaba cursando? Carlos y Nuria prestaban atención en silencio. No querían perderse la explicación de Silvia.

—Recapacita —continuó Silvia—. Tu tío envió un coche a un sobrino que estudia para Ingeniero de Caminos.

Lucas lo pensó y no vio conexión alguna.

—¿Y?

—Estábamos equivocados al mirar los edificios de los alrededores. El Escarabajo no nos mostraba un lugar. Nos indicaba un camino concreto.

—Silvia, por favor —dijo Lucas—. Explícate mejor. ¿Un camino adónde?

Silvia ladeó la cabeza y dejó escapar aire durante varios segundos.

—Eso da igual. Lo que importa es que quiere que te fijes en el camino.

—¿Por qué? No hay nada de especial en esta glorieta.

—Sí que lo hay. No te fijes en el lugar, solo en la forma del camino.

—Es un círculo —dijo Lucas muy rápido.

—Correcto, pero no del todo. ¿Cómo ha descrito Carlos al sitio anterior donde nos paró el Escarabajo?

Lucas frunció el ceño. Esta vez fue Nuria quien habló.

—¡Una bifurcación en forma de «i» griega! —recitó imitando la voz de su hermano.

—Exacto —confirmó Silvia—. Esto no es un círculo. Es una «O».

—¿Quieres decir...?

—Quiero decir que son letras —terminó Silvia—. ¡El Escarabajo está escribiendo un mensaje para ti, Lucas!

6

—No me lo puedo creer —exclamó Rubén—. ¿Qué haces tú aquí un sábado por la noche?

Sergio entró en el salón con cara de pocos amigos. Rubén y su madre acababan de cenar y saltaban de un canal a otro buscando algo entretenido en la televisión. Los platos aún estaban sobre la mesa.

—Se terminó la juerga por hoy —dijo Sergio, estudiando los restos en busca de algo que llevarse a la boca. Solo le faltaba olfatear, como a los perros. No encontró nada que le gustara—. ¿Algo bueno en la tele?

Claudia dio un beso a su hijo y le hizo un hueco en el sofá. Volvió a cambiar de canal.

—Lo de siempre. Nada que os guste a vosotros dos. No hay ninguna película de tiros o peleas.

Dejó el mando a distancia. Sergio y Rubén se abalanzaron a toda prisa sobre él. Sergio fue más rápido.

—¿Y tú no sales hoy, enano? —le preguntó a Rubén, agitando el mando de la televisión en alto a modo de burla.

—Tengo que estudiar —contestó Rubén—. Eso que hacen algunos para aprobar. No me creo que tú te quedes en casa tan pronto un sábado. Solo son las once y media.

La verdad era que a Rubén no le apetecía tener a su hermano mayor revoloteando aburrido por la casa. Le incordiaría y no le dejaría estudiar. Tenía un examen difícil y contaba con una noche tranquila para centrarse en los estudios. Era muy raro que Sergio apareciese por casa antes de las seis de la madrugada.

—Mañana nos vamos por la mañana temprano a La Pedriza —explicó Sergio—. Vamos a pasar todo el día en el campo.

—¿Cómo dices? —preguntó Claudia, sorprendida—. Mañana tienes clase de tenis. ¿Vas a faltar otra vez?

Sergio arrugó la cara en una mueca de cansancio. Era un tema que llevaban discutiendo desde que tenía memoria. En circunstancias normales, saltaría sin piedad y defendería su derecho a hacer lo que le viniera en gana un domingo, pero teniendo en cuenta el delicado estado de ánimo de su madre, se contuvo.

—Vamos todos los amigos, mamá —dijo, suavizando la voz cuanto pudo—. Ya voy a las clases de tenis entre semana.

—Pero hace un mes que no asistes —protestó Claudia, enojada—. No puedes dejarlo tanto tiempo. Mañana irás a clase de tenis, que para eso pagamos a un excelente entrenador. Luego puedes irte a donde quieras.

Sergio y Rubén intercambiaron una mirada de preocupación. El tema del tenis era fuente de constantes enfrentamientos entre Sergio y su madre, pero en esta ocasión, la reacción de Claudia era exagerada. Rubén puso su mano sobre la de su madre en un intento de calmarla, estaba temblando y no dejaba de mirar a Sergio fijamente. Temió que su hermano contestase algo inapropiado y empeorase la situación. Eso sería muy propio de Sergio, y más teniendo en cuenta que llevaba razón. Claudia no podía exigirle que renunciase a los fines de semana por el tenis.

Rubén nunca había entendido esa obsesión de su madre por el imaginario futuro de su hermano en el deporte del tenis. Sergio era un buen jugador, pero nada del otro mundo, sobre todo considerando que llevaba recibiendo clases particulares desde los cuatro años. Era evidente que nunca estaría entre los mejores, como parecía pretender su madre. Lo más sorprendente era la resistencia de Claudia a aceptar que su hijo no quisiera ser un jugador profesional, aunque hubiese tenido esa posibilidad. Sergio había explicado en multitud de ocasiones que el tenis era para él poco más que una diversión. Le gustaba, pero no dedicaría su vida a ello. Rubén siempre había agradecido en silencio que su madre nunca hubiera tenido con él una fijación semejante. Tal vez era algo que solo sucedía con los primogénitos.

En cualquier caso, Rubén no quería que su madre se disgustase ahora.

—Está bien —dijo Sergio—. Mañana asistiré al entrenamiento y luego me reuniré con mis amigos.

Rubén supo que era mentira por el tono de su voz. Tampoco es que su hermano fuese un genio mintiendo. Sergio estaba muy mimado y normalmente decía lo que quería sin tapujos. En esta ocasión, Rubén celebró el buen juicio de su hermano, le conocía demasiado bien como para no saber que saldría con su equipo de tenis y lo dejaría en el maletero para irse con sus amigos a la montaña. Ya se encargaría él de distraer a su madre para que no se diese cuenta.

—Gracias, hijo —dijo Claudia.

Sonó el timbre de la puerta. Los tres se miraron,

sorprendidos. Era muy tarde, más de las doce de la noche.

—Yo abriré —dijo Sergio.

Y se fue hacia la puerta. Un minuto después estaba de vuelta con un inesperado visitante a su lado.

—Buenas noches —dijo el comisario Torres con su habitual tono neutro. Rubén evitó mirar fijamente al ojo de cristal del comisario—. Lamento molestar a estas horas, pero tengo información sobre la muerte de Óscar que considero que querrán conocer. Hemos detenido al responsable del asesinato.

La cara de Carlos esbozó una mueca grotesca. Les miró a los tres, uno a uno, como si fuesen unos desconocidos. Le temblaban las manos.

—Os habéis tragado la teoría de la empollona —les dijo a Lucas y a su hermana—. Debería daros vergüenza. Se supone que yo soy el irresponsable que solo piensa en jugar al mus, pero se ve que mi cerebro es el único que funciona esta noche.

—Su explicación tiene sentido —dijo Nuria—. Cuadra. No es fácil de encajar, pero nada lo será, teniendo en cuenta que estamos hablando de un coche que se mueve solo.

—No te lo tomes así, Carlos —le tranquilizó Lucas—. Solo estamos considerando las posibilidades. Hablando sobre ello.

—¡Un coche que escribe! ¿Por qué no le ponemos pinceles en las ruedas? A lo mejor nos pinta un cuadro. Y no me vengas con el cuento de hablar, Lucas. Tú ya estás convencido.

¿Tanto se le notaba? A Lucas le sorprendió un poco la facilidad con que Carlos había leído su rostro y había deducido que creía en la explicación de Silvia. El Escarabajo estaba escribiendo un mensaje y usaba las formas de las carreteras a modo de letras. Era imprescindible descubrir qué decía el mensaje. No entendía que a Carlos no le picase la curiosidad.

—Tienes razón. Creo que debemos dejar que el Escarabajo termine lo que sea que trata de decir.

—No, no debemos. Tú debes —corrigió Carlos—. No voy a volver a subir a ese coche y os recomiendo que hagáis lo mismo.

A Lucas le dolió escuchar esas palabras. Eran razonables y sensatas, pero salían de la boca de su amigo. Nunca antes Carlos se había negado a apoyarle. En circunstancias normales, ni siquiera tenía que pedirlo, la ayuda de Carlos era algo con lo que siempre contaba, para lo que fuese. Menos esta vez. Se sintió desnudo al ver que Carlos no le acompañaría en esta ocasión.

—Yo voy con Lucas —anunció Nuria, cruzando los brazos sobre el pecho.

—De eso nada, mocosa —atajó Carlos—. Tú vienes a casa conmigo.

Silvia se interpuso entre Carlos y su hermana.

—Eres un cobarde. Te da miedo y por eso te niegas a ayudar a tu amigo.

—¿Miedo? —dijo Carlos—. Por supuesto que lo tengo. Me puedo enfrentar a quien tú quieras, no te quepa duda, pero no a un coche que anda solo. —Lucas era testigo de que estaba diciendo la verdad. De hecho, Carlos nunca había dado la espalda a una pelea—. Y no insinúes que no apoyo a Lucas. Si te preocupases por él, no le incitarías a subir al Escarabajo.

—Yo creo en él, en su versión —dijo Silvia, desafiante—. No le abandonaré porque no comprenda lo que sucede. Al contrario, le ayudaré a entenderlo.

—Bonitas palabras. Se nota que no razonas como deberías —apuntó Carlos, acariciándose la barbilla—. Deja que te pregunte un par de cosas. Sugieres subir a un coche que, como tú misma admites, no comprendéis cómo funciona, pero ¿has considerado los riesgos? Es un coche después de todo. ¿Y si atropella a alguien? ¿Y si os estrelláis y alguno muere? ¿Quieres que te dé estadísticas de accidentes de tráfico? A la policía le encantaría escuchar que no conducía nadie. Me pregunto si acudirías a los padres de la víctima y les dirías mirándoles a los ojos: «Yo animé a su hijo a subir a un coche descontrolado sabiendo que no teníamos ni idea de cómo conducirlo.» Dime, señora súper valiente, ¿has considerado las consecuencias de subir a un coche que se conduce solo?

Silvia no contestó. Se quedó callada sin mirar a Carlos a los ojos. Evidentemente, no había tenido en cuenta la posibilidad de un accidente. Lucas tampoco, y le impresionó que Carlos fuese tan razonable, no era propio de él. Tal vez sí que le afectase la presencia de su hermana menor.

—Maldita sea, Carlos —se quejó su hermana—. Ya te lo dije. Esto es algo único. No se pueden aplicar las reglas habituales, es algo excepcional.

—Carlos, tu hermana tiene razón —dijo Lucas—. No puedo explicarlo, pero siento que el Escarabajo está aquí para ayudarnos, no para causarnos daño alguno. Además, ya has visto lo bien que conduce. Lo hace mejor que yo. Me sentiría mejor si nos acompañases.

El silencio se instauró de repente. Intercambiaron varias miradas de interrogación entre ellos, pero al final todos estaban pendientes de Carlos.

—No puedo creer lo que voy a hacer —cedió Carlos, apartando la vista—. Tú no dirás ni una sola palabra de esto a mamá y a papá —añadió, señalando a su hermana.

—Te lo prometo —asintió Nuria, rebosando gratitud.

—Gracias —dijo Lucas.

—Será mejor que subamos antes de que me arrepienta —dijo Carlos, finalmente—. Veamos qué más tiene que decir el cochecito.

Sin darse cuenta ocuparon los mismos asientos que habían utilizado antes. Lucas era el conductor, naturalmente. El Escarabajo no arrancaría de otro modo. Nuria estaba a su lado, y Carlos y Silvia en la parte de atrás.

El coche no les hizo esperar. En cuanto Lucas arrancó, tomó el control y empezó a circular de nuevo por la carretera.

—Va a ser una pasada —dijo Nuria. Sus ojos brillaban de excitación y le costaba estarse quieta, gesticulaba mucho al hablar—. Mis amigas fliparán cuando lo cuente.

Carlos dio unos golpecitos muy significativos en el hombro de su hermana.

—Controla tus emociones de adolescente. No vas contarle esto a nadie, ¿recuerdas? —Nuria asintió y adoptó una expresión triste, evidentemente fingida—. Y tú, Lucas, por lo menos coloca las manos sobre el volante y haz que conduces. No nos conviene mosquear a nadie.

Lucas lo hizo. No se había dado cuenta de que estaban en una zona más transitada y se cruzaban con más coches.

—¿Qué tal si intentamos descifrar el mensaje mientras nos lleva a la siguiente letra? —le propuso Silvia.

Repasaron las paradas del Escarabajo y anotaron las letras. Contaban con una «O», una «Y», y otra «O». No parecía un buen comienzo.

—*Oyo* —dijo Carlos, pensativo—. Suponiendo que el Escarabajo no sea un analfabeto y se haya olvidado una hache al principio, no le veo el sentido. Podría ser el pasado del verbo oír, pero no me parece una forma lógica de empezar un mensaje.

—Es porque está incompleto —dijo Lucas—. Cuando tengamos más letras lo entenderemos.

O al menos eso esperaba. Seguía atesorando esa especie de fe ciega en el Escarabajo que ni él mismo sabía de dónde provenía. Pero ahí estaba y le impulsaba a continuar hasta que todo estuviese aclarado.

—Juraría que el coche nos lleva a casa —dijo Nuria.

Tenía razón. El Escarabajo circulaba por el mismo camino por el que Lucas había llevado a Carlos a casa la noche anterior, cuando se paró de repente entre dos curvas consecutivas en sentido opuesto. Lo que le hizo pensar...

—Vamos a pasar por dónde nos detuvimos anoche —dijo Carlos, confirmando los pensamientos de Lucas.

Las dos curvas se aproximaron y la escena se repitió. El Escarabajo giró y se detuvo en medio de la carretera, bloqueando ambos carriles. Se bajaron todos del coche.

—¿Por qué se habrá colocado de esa manera? —preguntó Silvia.

—Es una «S» —dijo Nuria—. No hay duda.

Todos estuvieron de acuerdo. Las dos curvas describían claramente una «S» y el coche se había parado en el centro.

—Me parece muy bien —dijo Carlos—. Pero deberíamos volver al Escarabajo, a ver si se pone en marcha rápido, antes de que venga alguien.

En cuanto terminó de hablar, Carlos se dio cuenta de que estaba totalmente impregnado del misterio del Escarabajo. Ya no temía sufrir un accidente. Le dominaba la curiosidad y la necesidad de saber qué estaba escribiendo el coche.

—*Oyos* sigue sin decirme nada —comentó una vez entraron todos al coche.

Lucas arrancó pero el Escarabajo permaneció quieto. Su primera impresión fue que algo iba mal, pero luego recordó que se tomaba su tiempo.

—Ahora volverá a moverse. Quiere asegurarse de que vemos la letra —dijo, dándose importancia.

Continuaba atribuyéndole inteligencia al coche, a pesar de no tener ninguna prueba. La verdad era que se sentía mejor pensando de ese modo. Tenía un coche único que velaba por él y que era capaz de hacer cosas increíbles. Muy reconfortante. Y le ayudaba a controlar los pequeños ataques de pánico que padecía en momentos como ese, en los que si el Escarabajo no se movía, él no sabría qué hacer o qué pensar de todo lo sucedido.

Poco después, el Escarabajo cumplió el pronóstico de Lucas y se movió. Lucas suspiró aliviado.

—Seguimos necesitando más letras —dijo Silvia poco convencida.

Nuria no colaboraba. Tenía la vista perdida en el suelo y el ceño fruncido. A Lucas le pareció que estaba muy concentrada. A Silvia, por otra parte, se la veía inmersa en la duda. El tono de sus palabras delataba que su confianza en su propia teoría empezaba a flaquear. Lucas no la culpó. Quería decirle algo que la animara y le demostrase que él estaba con ella, pero no se le ocurrió nada. Pensó en las letras y en la posible palabra que estuviese formando el coche. No tenía sentido. Después de todo, tal vez el Escarabajo paraba en lugares aleatorios por una causa que desconocían y eran sus ansias de aventura las que les habían llevado a creer en la otra versión de los hechos.

—Se os ve un poco abatidos —dijo Carlos—. ¿Ya os rendís, nenas? ¿Dónde está toda la energía que empleasteis antes para discutir conmigo cuando me negaba a venir?

—¿Quieres decir que ahora crees en el Escarabajo «escritor»? —preguntó Silvia tímidamente.

Lucas también quería saber la respuesta a esa pregunta.

—No lo sé, la verdad —contestó Carlos en tono sincero—. Pero sí creo lo que ha dicho mi hermana. Esto es algo único. Y estoy convencido de que no hay peligro dentro del coche. —Silvia dibujó una sonrisa al escucharle—. Hay algo más. Tu teoría de las letras es impresionante. Estudiando la Ingeniería de Caminos o no, a mí nunca se me habría ocurrido. Tenéis que seguir pensando en ello para dar con la explicación.

Silvia se sonrojó por las palabras de Carlos. No se las esperaba.

—Tú también puedes colaborar.

—¿Yo? —se rio Carlos—. Yo solo sirvo para jugar a las cartas. Si dependéis de mí para desvelar el misterio, lo lleváis claro. El Escarabajo podría escribir *El Quijote* entero antes de que yo...

—¡Lo tengo! —gritó Nuria dando un salto en el asiento—. Dices que ayer se detuvo en las curvas que formaban la «S» en la que acabamos de estar, ¿no es así? —le preguntó a su hermano. Carlos y Lucas asintieron entusiasmados—. Eso significa que la palabra empieza con una «S».

—Entonces tenemos *soyos* —dijo Lucas—. Tampoco es que sea muy esclarecedor.

—Lucas, concéntrate —le pidió Nuria—. Puede que no te guste lo que te voy a decir. —Lucas se preocupó un poco por esa advertencia—. No es una palabra. Son dos. La primera es *soy*. La segunda empieza por *os*. Te apuesto lo que quieras a que la siguiente letra es una «C». ¿No lo entendéis?

—Óscar —dijo Silvia de repente—. *Soy Óscar*. Tu tío, Lucas.

Lucas y Carlos se quedaron petrificados. Parecía muy lógico. Tenía que ser eso. Lo cual implicaba...

—No es el coche el que está escribiendo, Lucas —dijo Nuria—. Es tu tío Óscar. Sé que suena imposible pero tú escúchame. Sustituye el mapa de carreteras de Madrid, o de esta parte, por un tablero gigante, y al coche por un vaso.

Le llevó un tiempo entender lo que Nuria quería decir. Era sencillamente imposible, casi ni se atrevía a pronunciarlo en voz alta.

—¿O-Ouija? —logró tartamudear Lucas tras unos segundos.

—Efectivamente —dijo Nuria—. Si no estoy loca, estamos participando en una sesión de espiritismo acojonante.

7

Iba a suspender el examen del lunes. Debería haber sido otro el pensamiento que atravesara la cabeza de Rubén, pero no fue así.

Por alguna razón inexplicable, la noticia de que habían apresado al asesino de su padre no despertó en él rabia, deseo de venganza o curiosidad. Solo reparó en que no iba a estudiar ese fin de semana, así de simple. Una reacción que nunca llegaría a comprender en el futuro cuando recordase el momento en que el comisario Torres había confirmado que su padre había sido asesinado.

Claudia palideció y se desplomó en el sillón. La respuesta de Sergio fue mucho más visceral.

—¡Quiero ver a ese hijo de perra y decirle cuatro cosas! —rugió.

Gesticulaba muy deprisa y se desplazaba a grandes zancadas de un lado a otro. Rubén contempló con aprobación el despliegue de ira de su hermano. Así era como debía haber reaccionado él mismo. Deseó que la rabia estallara en su interior, sin embargo permanecía decepcionantemente tranquilo, junto a su madre, sosteniendo su mano, al tiempo que aguardaba expectante a que el comisario les diera más información.

Torres esperó pacientemente a que los ánimos se apagasen un poco. Su ojo de cristal permanecía inmóvil mientras el verdadero iba de uno a otro lado, verificando que nadie perdiese el control.

—Entiendo lo que sienten, pero no creo que sea buena idea que vean al sospechoso —dijo Torres con una calma excesiva.

—¡Y una mierda! —gritó Sergio—. Voy a ver quién es ahora mismo. Con la basura de sistema judicial que tenemos, estará en la calle en dos días, seguro. Y mi padre seguirá muerto. Además...

—Cálmate, Sergio —dijo Rubén, agarrando a su hermano por el brazo—. Dejemos que el comisario nos cuente lo que sabe y luego ya veremos.

Sergio se tranquilizó. Un poco, al menos.

—¿Quién es? —preguntó Claudia.

—Es un empleado de la empresa de Óscar —informó Torres—. Se llama Alberto Muñoz y trabaja de informático. ¿Le conocen?

Torres dejó una foto sobre la mesa. Claudia, Sergio y Rubén se inclinaron a la vez sobre ella para estudiarla. Los tres negaron con la cabeza.

—¿Qué tenía este hombre contra mi marido? —preguntó Claudia.

—Aún no lo sabemos —dijo Torres—. Se ha negado a hablar por el momento. Manipuló el sistema de frenos del coche de Óscar para provocar el accidente. Lo hizo de un modo muy complejo. Encontramos en su casa todo tipo de revistas de mecánica en las que figuraba el coche de Óscar. Investigamos a todos los que pudieron tener acceso al coche ese día y encontramos que Alberto tenía deudas de juego. Apostaba y lo había perdido todo. Recibió un ingreso muy cuantioso hace dos meses que, obviamente, no puede justificar.

—¿Alguien le pagó? —preguntó Sergio.

Torres asintió levemente.

—Eso creemos. Estamos rastreando la procedencia del dinero, pero llevará tiempo. Necesitaba comprobar si sabían algo que pudiese ayudarnos en la investigación. De todos modos, lo más importante es que sepan que estamos avanzando.

—Quiero verle —insistió Sergio en tono amenazador.

—No es posible por el momento. El lunes me pondré en contacto con ustedes y les informaré de lo que sepamos.

Torres se marchó poco después.

Rubén y su hermano esperaron a que su madre se acostara y luego cavilaron sobre lo que le harían a ese tal Alberto si llegara a caer en sus manos. Ninguno de ellos pasó una buena noche.

Lucas se estremeció solo con pensarlo. Espiritismo... ¿No se trataba de esa práctica que implica hablar con un muerto? Y ese muerto era su tío nada menos. No era una idea agradable. Su primera reacción fue inevitablemente de rechazo, ni siquiera sabía si creía en ese tipo de cosas. Vida después de la muerte. Lucas se sorprendió de lo poco que había reflexionado sobre ese asunto, claro que ¿por qué habría de hacerlo? Era muy joven y aún le quedaba mucho para descubrir si había otro mundo después de este.

—Me parece bien que uséis la imaginación y todo eso para intentar explicar cómo se mueve el Escarabajo —dijo Carlos, hablando despacio. Se notaba que se esforzaba por mantener a raya los nervios—. Pero esto es sencillamente ridículo. Lo de la ouija es producto del cerebro atrofiado de mi hermana. Demasiadas películas de terror.

Lucas escuchó a su amigo con mucha atención. Estuvo de acuerdo con él... o eso le hubiera gustado. La verdad era que quería pensar como él, pero no podía engañarse a sí mismo. Algo raro le sucedía. Examinar sus propias emociones era como contemplar a un extraño, no entendía nada. ¿Significaba eso que creía la teoría del espiritismo? Estaba tan aturdido que no se atrevió a decir nada. Buscó en los ojos de Silvia una muestra de que ella pensaba como Carlos, pero no la vio por ninguna parte.

—La verdad es que lo que ha dicho Nuria encaja con lo que veníamos pensando —le dijo Silvia tímidamente. Le daba vergüenza admitir que apoyaba la sugerencia del espiritismo—. Por muy increíble que parezca, no podemos negar que tiene sentido.

—Mi hermano es muy cerrado —aseguró Nuria, agradeciendo el apoyo de Silvia con una sonrisa mal disimulada—. Menos mal que estamos nosotras para ayudar a Lucas.

Carlos sacudió la cabeza en gesto despectivo.

—Lucas, di tú algo que a mí me da la risa.

Lucas se sobresaltó un poco cuando sus tres amigos se volvieron hacia él, expectantes. Era lo normal.

Después de todo, el coche era suyo, por lo que era él quien debía decidir.

Carlos notó su vacilación.

—¡No puede ser...! ¿Tú también? Es culpa mía —se lamentó—. Como no se me ocurre una explicación, te dejo tirado con la de estas dos manipuladoras. —Carlos se llevó las manos a la cabeza, escandalizado—. Vamos a ver... ¡Que estáis considerando que hablamos con un muerto a través de una ouija gigante! Vais a volver loco al pobre chaval.

—¿Y si tenemos razón? —dijo Nuria—. ¿Lo has pensado aunque solo sea un segundo?

La respuesta de Carlos era innecesaria. Todos tenían claro que no.

—Hagamos una cosa —propuso Silvia—. Estábamos de acuerdo en lo de las letras. No perdemos nada por comprobar la teoría de Nuria, de hecho ya estamos en camino, así que solo tenemos que esperar. Veamos si, en efecto, paramos en una «C», luego una «A» y terminamos en una «R», hasta completar el nombre de Óscar.

Era una propuesta perfecta. Más que nada porque permitía a Lucas seguir en silencio. Acababa de ganar un tiempo precioso para decidir qué creía, qué era lo que su intuición le revelaba. Nunca había hecho espiritismo. En una ocasión, hacía tres años, tuvo una oportunidad en una fiesta en casa de un amigo que se había quedado solo. Un grupo de tres chicos y una chica le animaron a participar con ellos. Tenían un montón de velas y un tablero con el abecedario. Lucas declinó educadamente la propuesta y continuó bebiendo con los demás invitados. Recordó con claridad que aquel juego le pareció una necedad por aquel entonces. Sin embargo, ahora, no era capaz de rechazar totalmente la idea.

Las posturas de sus amigos eran muy evidentes. Nuria estaba absolutamente convencida de que Óscar les hablaba desde «el otro lado», como ella lo denominaba.

—Es una pasada —dijo entusiasmada—. Nunca me había salido tan bien una sesión.

—¿Cómo dices? —preguntó Carlos, asqueado—. ¿Es que haces espiritismo normalmente? No lo entiendo. ¿Ya no salís de compras o al cine? ¡Que tienes dieciséis años! Seguro que estas ideas te las ha metido esa amiguita tan rara que tienes, la gorda del pelo de punta. No hay más que verle la cara...

La opinión de Carlos era igual de obvia que la de su hermana, y no podía ser más opuesta. Silvia parecía inclinarse por Nuria, pero guardaba algún recelo. Lucas adivinaba en ella un cierto respeto a los temas relacionados con la muerte, algo muy respetable. Lo más frustrante era que continuaba sin saber su propia opinión. Decidió esperar a ver si Nuria acertaba con la siguiente letra.

Y acertó.

—¿Y bien? —dijo Nuria, desafiante—. ¿Algún comentario?

Ni siquiera Carlos abrió la boca en un primer instante. El Escarabajo estaba indiscutiblemente situado en una media circunferencia, que formaba parte de una antigua glorieta. Era una «C» sin el menor asomo de duda.

—Podría ser una «U» —dijo Carlos, finalmente. El tono de duda de su voz reflejaba que no estaba muy convencido—. Todo depende de cómo se mire.

No le faltaba razón en ese argumento. Lucas se mareó. Ya había aceptado que era una «C» y ahora Carlos sembraba de nuevo la duda. Necesitaba desesperadamente aferrarse a algo de una vez por todas. Algo sólido a ser posible.

—Es una «C» —insistió Nuria—. Dejando a un lado que una «U» no pega con las letras que ya tenemos, el coche apunta hacia la parte de arriba de la letra. Por eso se coloca de ese modo. Si fuese una «U», apuntaría al centro del semicírculo. Recordad cómo estaba orientado con la «S» y con la «Y».

Carlos dio un puñetazo en el asiento.

—No soporto a esta niña, te lo juro...

—Tienes que admitir que lleva razón —intervino Silvia.

Lucas dejó de escucharles a los tres mientras discutían. Hubiera dado cualquier cosa por saber quién se hallaba en lo cierto y así terminar con la angustia que le atormentaba. Estaba considerando si su tío Óscar le hablaba desde el mas allá a través de un coche que funcionaba como el vaso de un tablero gigante de ouija. Era demasiado. Lo único que se le ocurrió fue esperar a ver qué letras indicaba el Escarabajo.

Después de la «A» y la «R», Carlos no volvió a llevar la contraria a su hermana y Lucas aceptó definitivamente que su tío estaba involucrado de algún modo... sobrenatural. No, aún era demasiado pronto para aceptar algo así. No importaba que todas las evidencias apuntasen en esa dirección, tenía que haber una explicación que no contase con la participación de personas fallecidas, y antes o después darían con ella.

Óscar podría haberlo preparado todo antes de su muerte. Lucas sabía que su tío había invertido una cantidad enorme de tiempo en el Escarabajo. Pudo modificar el coche de algún modo para que se condujese solo hacia ciertas ubicaciones. Eso era mucho más razonable que el espiritismo.

Y, sin embargo, la misma idea seguía zumbando en su cabeza. Era más fácil apostar por la explicación mística que por un sofisticado dispositivo de guía que dotase de movimiento autónomo al coche. Definitivamente, algo en su interior le decía que se trataba de su tío.

—El Escarabajo acaba de decir que es mi tío el que nos está escribiendo —dijo Lucas. Aún estaban parados sobre la «R», letra que completaba la frase «Soy Óscar», tal y como Nuria había predicho—. Estoy tan impresionado como vosotros. No sé con seguridad si esto es o no una sesión de espiritismo, pero creo que las coincidencias son suficientes como para tener dudas. No sé lo que pasará, pero si hay una sola posibilidad de que mi tío quiera enviarme un mensaje, yo voy a continuar hasta completarlo. Me encantaría contar con vuestra ayuda, pero entenderé perfectamente a quien no quiera seguir.

—Yo no me lo perdería por nada del mundo —dijo Nuria de lo más entusiasmada—. Perdón, Lucas. Se me olvida que es tu tío. Lo siento... Me gustaría ayudarte si te parece bien.

Lucas asintió, agradecido. La pequeña Nuria era la que más parecía entender de espiritismo. Se alegró de que se quedara.

—Yo también me quedo —dijo Silvia muy decidida.

Solo faltaba uno.

—Yo no creo que sea buena idea —dijo Carlos—. Un coche que no controlamos y luego todo eso de jugar con el reino de los muertos... No es algo que yo haría voluntariamente. Pero no te dejaré solo, y menos con mi hermana. Es capaz de liarte para que luego busquéis un altar y sacrifiquéis a una cabra.

—Perfecto —dijo Lucas—. Entonces se acabaron las peleas. Vamos a centrarnos en recibir el mensaje. Si de verdad mi tío está hablando a través del Escarabajo, no será solo para saludar. Lo que quiera que diga tiene que ser importante.

Lucas se sorprendió del efecto tranquilizador que sus propias palabras ejercieron sobre los demás. Incluso él mismo se sintió algo más relajado. Era reconfortante comprobar que le escuchaban y que le brindaban su apoyo.

El Escarabajo continuó con su labor de señalar letras camufladas en las carreteras. En algunas ocasiones no fue fácil reconocer la letra a la que se refería el coche, o mejor dicho, el tío Óscar. La tarea de desciframiento se complicaba cuanto más sencilla era la forma de la letra. Concretamente, la «I» o la «L» eran particularmente fáciles de confundir, pero el contexto les ayudaba a identificar la letra.

—¿Por qué habrá esperado hasta hoy precisamente para comunicarse? —preguntó Lucas en voz alta, sin dirigirse a nadie en concreto.

—Empezó ayer —le corrigió Carlos—. Cuando me traías a casa se detuvo en la primera «S», ¿recuerdas?

—¿Y por qué no siguió con las demás letras?

—Yo lo sé. Y vosotros también si dejaseis de dudar de mí —dijo Nuria. Carlos apartó la mirada de su hermana deliberadamente. Se estaba conteniendo de nuevo—. Cuando hacemos espiritismo, el vaso apenas se mueve si lo tocan una o dos personas. Se necesitan varios para que se desplace con fluidez sobre el tablero.

—¿Quieres decir que tenemos que estar los cuatro para que el coche se mueva? —preguntó Lucas.

—Sí. Ayer tú y mi hermano pasasteis cerca de la primera letra y el Escarabajo aprovechó la poca fuerza que tiene con solo dos dedos, es decir con vosotros dos en su interior, para señalarla. —Nuria hablaba con tanta seguridad que daba miedo. Lucas la observaba como si fuese una bruja o una médium de las que aparecen en las películas—. Ahora somos cuatro y está moviendo el vaso con toda la facilidad del mundo.

—Entonces —dijo Silvia con una expresión que reflejaba el esfuerzo que le suponía aceptar las palabras de Nuria—, lo que estás diciendo es que subir al coche es el equivalente de poner el dedo sobre el vaso en una sesión de espiritismo normal.

—La imaginación de esta niña es más impresionante que el Escarabajo —dijo Carlos—. ¿Cómo puedes saber todo eso?

—Solo lo supongo —se defendió Nuria—. Que tú tengas menos imaginación que un ladrillo no es mi problema. A ver, listo, explícanos tú lo que ocurre. ¿Vas a recurrir a mi edad para intentar quitarme la razón o vas a dar un argumento mejor que el mío?

Carlos murmuró algo y volvió a mirar por la ventanilla.

—¿Qué suelen contaros los muertos en vuestras sesiones de espiritismo? —preguntó Silvia, interesada.

—No mucho, la verdad. Nada coherente la mayoría de las veces —confesó Nuria con pesar—. Lo cierto es que yo nunca he creído demasiado en la ouija. Lo hago porque es divertido. El ambiente y todo eso... y porque me gusta un chico que... —Hizo una pausa al ver la cara de su hermano—. Suele haber algún gracioso que mueve el vaso a propósito. Pero aquí no tenemos ese problema —añadió, divertida.

Era evidente que no lo tenían. Lucas estaba sentado en el asiento del conductor e iba completamente de lado, mirando a Nuria, con la espalda apoyada contra el cristal de la ventanilla. Ni siquiera miraba la carretera. Por suerte era de madrugada y apenas circulaban coches.

No le molestaba el entusiasmo de Nuria por un tema tan macabro, pero él no lograba desprenderse de un velo de preocupación que oscurecía su rostro.

—A ver si lo he entendido bien. En tu opinión, Nuria, mi tío lleva esperando desde que murió a que haya suficientes personas tocando el vaso para poder transmitir su mensaje, ¿correcto?

Nuria no se atrevió a responder. El tono de Lucas era muy serio y traslucía dolor. Inevitablemente se imaginó a un fantasma vigilando día y noche el Escarabajo, en espera de poder comunicarse y se le puso la piel de gallina.

—Lucas, ella no quiso decir nada malo de Óscar —dijo Silvia—. Solo intenta ayudar. Nadie puede saber con certeza lo que hay después de la muerte.

—Lo sé —contestó Lucas—. Pero es la que más se ha acercado a la verdad en mi opinión. Me gustaría saber lo que piensa.

Silvia alzó la mano para impedir que Nuria hablase.

—No, Lucas. No puedes preguntarle a Nuria por tu tío. Ella no lo sabe y la obligas a contestar algo en base a suposiciones. Si de verdad se trata de Óscar, él te dirá lo que pueda. No cargues tus preocupaciones en Nuria.

—Una «O» —dijo Carlos. Habían vuelto a la glorieta de siempre—. ¿Por qué usa siempre la misma glorieta? Se podría parar en cualquiera ahora que lo sabemos y lo interpretaríamos como una «O».

Silvia y Lucas miraron automáticamente a Nuria en busca de una respuesta a la pregunta de Carlos. Esta vez, Nuria tardó en contestar. Ya no se la veía tan alegre.

—Me imagino que Óscar no puede hacer exactamente lo que quiere. Tendrá alguna restricción en el más allá. En un tablero de ouija el vaso va siempre al mismo lugar para indicar la misma letra, así que supongo que cada vez que necesite una «O» el Escarabajo nos traerá a esta glorieta.

Las suposiciones de Nuria fueron confirmándose una tras otra. Completaron dos palabras más muy significativas.

—«Tiempo limitado» —dijo Lucas—. Está claro que con esas simples palabras nos acaba de decir que hay prisa.

—Maldita sea, ¿por qué le preocupa el tiempo a alguien que está muerto? —preguntó Carlos.

—Tal vez porque lo que nos quiere decir está relacionado con alguien vivo —sugirió Silvia.

—O porque no tiene mucho tiempo para seguir moviendo el coche —dijo Nuria—. Eso también explicaría que use pocas palabras. No ha dicho «Tengo poco tiempo», o «Mi tiempo es limitado».

—O por ambas razones —dijo Lucas—. Espero que pueda terminar.

El mensaje tenía que ser importante. Semejante método de comunicación no podía emplearse exclusivamente para dar las buenas noches.

Dos horas más tarde el Escarabajo completó el mensaje. A pesar del frío que hacía, todos salieron del coche a comentarlo. Además, necesitaban andar un poco para variar. Se habían pasado toda la noche dando vueltas por Madrid, anotando letras y discutiendo teorías sobrenaturales. Estaban cansados.

Caminaron en silencio unos minutos y regresaron al Escarabajo.

—¿Estamos seguros de que ya ha acabado? —preguntó Carlos.

—Ya no se mueve y el mensaje tiene sentido —contestó Silvia.

—¿Qué vas a hacer, Lucas? —preguntó Nuria.

—Voy a cumplir la última voluntad de mi tío —repuso Lucas—. No tiene sentido disimularlo, verdaderamente creo que es Óscar quien me ha transmitido estas palabras.

—No será fácil, Lucas —dijo Carlos—. Yo tendría cuidado...

—Tengo que hacerlo —dijo Lucas.

Carlos tomó aire antes de contestar, no quería alterar a su amigo.

—Lo sé, yo haría lo mismo, pero debes pensar el modo de decírselo a tu tía.

—Carlos tiene razón —dijo Silvia—. Te tomará por loco y con razón. Nadie puede aceptar como si nada que su marido ha muerto y que está usando un coche para escribir.

Nuria pensaba lo mismo.

—Si se lo sueltas sin más no servirá de nada. Tu tía pensará que estás mal de la cabeza y no te hará caso. No creo que sea eso lo que Óscar quiere.

Era innegable que tenían razón. A Lucas le empezó a doler la cabeza. Solo quería llevar a cabo lo que su tío le había pedido, no tenía nada de malo. El mensaje era bien simple: «Soy Óscar. Tiempo limitado. Necesito hablar con mi mujer a solas. Súbela al coche.»

A Lucas le pareció bonito, romántico. Un hombre que pretende despedirse de su mujer a toda costa. Tenía que encontrar el modo de que Claudia le creyese u Óscar no podría comunicarse con ella. El carácter urgente de la segunda frase dejaba claro que el tiempo apremiaba. Probablemente, no tendría otra ocasión de hablar con Claudia y Lucas no iba a consentir que la desperdiciara.

—Tengo que dar con una manera de que Claudia suba al coche o todo el esfuerzo de mi tío habrá sido en vano.

—¿No puedes decirle que la llevas a algún sitio y bajarte a toda prisa para que se quede dentro del coche con Óscar? —propuso Nuria.

—Tal vez como último recurso. Pero mi tía es rica, tiene chófer. No necesita que yo la lleve a ninguna parte, sospecharía.

—¿Y si llevas a su casa ropa o algo que se te ocurra? —dijo Carlos—. Lo dejas en la parte de atrás y le pides que te ayude. Tendrá que meterse dentro para cogerlo.

—No me convence mucho —dijo Lucas—. ¿Y si manda a alguno de mis primos a por ello? ¿O al mayordomo?

—Podrías preguntarle sobre el coche —dijo Silvia—. Algo del salpicadero para que tenga que sentarse dentro a mirarlo.

—Por lo que yo sé, mi tía no entiende de coches —dijo Lucas pensativo—. No le gustan nada. ¡Maldita sea! ¿Por qué tiene que ser tan complicado?

Lucas dio un puñetazo al lado del salpicadero. La

guantera se abrió y cayó algo al suelo. Nuria se apresuró a recogerlo.

—¡La madre...! —exclamó asombrada—. Mirad esto. Debe de ser carísimo.

—¿Qué es? —preguntó Silvia.

—Es la alianza de compromiso que mi tío le regaló a Claudia —dijo Lucas tomando el anillo—. Creo que después de todo, Óscar ya había pensado en cómo atraer a su mujer. Lógico, nadie la conoce mejor que su marido.

8

Lucas fue el único que no durmió en toda la noche. El plan era sencillo y lo tenía muy claro, pero su mente fue incapaz de relajarse lo suficiente para ceder al mundo de los sueños.

Carlos argumentó con mucha insistencia que él podía resistir indefinidamente y que, por tanto, haría guardia con Lucas cuanto fuese necesario.

—Las juergas nocturnas tenían que servirme de algo. Después de tantas fiestas uno aprende a mantenerse despierto. No es que seáis débiles —les dijo a las chicas en tono altivo—, es que os falta práctica.

Al menos se quedó dormido después de que ellas lo hicieran. Lucas no le culpó. Toda la noche dando vueltas en el Escarabajo, más la interminable charla posterior para decidir qué era lo más conveniente, habían terminado por agotarles. Lucas insistió en que se fuesen a casa, pero todos estaban firmemente decididos a acompañarle. Prácticamente, ese fue el único momento en que el grupo estuvo de acuerdo en algo.

A las ocho de la mañana fueron a tomar unos churros con chocolate. Luego enviaron mensajes a sus respectivos padres explicando que se quedaban a dormir en casa de un amigo. Carlos tuvo que apoyar a su hermana para que sus padres no se preocuparan.

Discutieron un poco más sobre temas paranormales hasta que a eso de las nueve Lucas dejó el Escarabajo en el lugar seleccionado. Las chicas ocuparon la parte de atrás y se quedaron dormidas apoyadas la una sobre la otra. Carlos aguantó media hora más en el asiento del copiloto antes de romper el silencio a ronquidos.

Lucas no escuchaba la serenata de su amigo. Se quedó a solas con sus pensamientos como única compañía. Examinó sus propias emociones y, aunque estaba inquieto, se tranquilizó al comprobar que predominaba la certeza de que hacía lo correcto. Se preguntó si su tío le estaría observando en ese preciso instante desde algún sitio en el otro mundo y un escalofrío recorrió su espalda. ¿Cómo sería la muerte?

Era una pregunta que jamás se había formulado, un pensamiento al que nunca había dedicado tiempo ni esfuerzo. Eso iba a cambiar de ahora en adelante. Cuando escuchase algo de una sesión de espiritismo, o de un tablero de ouija, seguramente no podría evitar dar un pequeño salto. De repente, ardió en deseos de hacer preguntas a su tío y leer las respuestas en las carreteras que recorriera el Escarabajo, pero supo que eso nunca ocurriría. Lo que quiera que significase la muerte lo descubriría en su momento. Las limitaciones de Óscar para comunicarse, que tan acertadamente había señalado Nuria, eran sin duda una realidad. Por la razón que fuese, Óscar no podía revelar nada del otro lado, o si no, ya lo habría hecho. Y la verdad era que a Lucas le pareció mucho mejor así. Cada cosa a su tiempo.

A las once de la mañana, Lucas decidió que ya no podían continuar en el coche o pondrían en peligro el plan. Contempló a sus amigos unos instantes antes de despertarlos. Una ola de gratitud le inundó. Se alegró de que estuviesen con él y, a pesar de que era Silvia la responsable de que sus sentidos se disparasen al límite, no pudo evitar conmoverse por la presencia de Carlos. Su amigo había dejado bien claro que no le gustaba relacionarse con los muertos. No tenía reparos en enfrentarse a quien sea, pero siempre y cuando estuviese vivo. Con los muertos de por medio, Carlos se desencajaba. Y, sin embargo, allí estaba.

Lucas le dio un golpe suave en el hombro. Carlos se despertó sobresaltado.

—¿Me he dormido? —preguntó, mirando a su alrededor.

—Se te cerraron los ojos hace un momento —mintió Lucas.

—Sí, eso habrá sido... Despertemos a las niñas —dijo aparentando seguridad. Silvia y Nuria se desperezaron intercambiando largos bostezos—. Mujeres... No aguantan nada. ¿Os llevamos a casa, señoritas?

—Cállate —replicó su hermana—. Solo hemos dormido un ratito. Si quisiéramos, resistiríamos más que tú.

A Lucas le pareció que así era, pero no osó atacar el ego de su amigo apoyando a Nuria en su última afirmación.

—¿Es la hora, Lucas? —preguntó Silvia.

Estaba despeinada y tenía un ojo más abierto que el otro y se notaba que estaba cansada y... Lucas no pudo evitar repasar todos los detalles de Silvia. Era preciosa. Se contuvo para no decírselo allí mismo.

—Aún falta un poco, pero no quiero arriesgarme a que nos vean. Tenemos que irnos ya.

Salieron del Escarabajo y entraron en el hotel de tres estrellas que estaba enfrente. Subieron a la segunda planta, a la habitación que habían reservado previamente. Lucas fue el único que no miró la cama, a pesar de que se deshacía de ganas de saltar sobre ella para dormir. Agarró una silla y se sentó junto a la ventana.

—Todo saldrá bien —dijo Silvia, sentándose a su lado.

—Puedo hacer la primera guardia si quieres, Lucas —se ofreció Nuria.

—Estoy bien —contestó Lucas—. Y no debería tardar. Esperaré.

—¿Estás seguro de que no perderemos el tiempo? —preguntó Carlos.

—Lo estoy —respondió Lucas muy firme—. ¡Maldición!

—¿Qué pasa? —se sobresaltó Carlos.

—La puerta del Escarabajo —dijo Lucas señalando el coche—. La hemos dejado cerrada. Voy a abrirla.

—No —le cortó Carlos—. Iré yo. A mí no me conoce. Si me ve, fingiré ser un chorizo o algo así.

—Te creerá —se apresuró a decir Silvia.

Carlos no se molestó en replicar. Se marchó a toda prisa, bajando las escaleras de dos en dos. Cuando llegó hasta el Escarabajo, abrió la puerta del copiloto, del lado de la acera, y dejó tres dedos de separación. Luego se alejó.

—¡Eh, chaval! —gritó un hombre—. ¡Te dejas la puerta del coche abierta!

Carlos se detuvo y se volvió hacia el entrometido. Era un hombre de unos cuarenta años, con poco pelo y mirada penetrante.

—No pasa nada. Es para que se airee un poco —dijo Carlos—. Total, como vuelvo ahora mismo.

—Pero no puedes dejar abierto un coche como ese —dijo el desconocido, mirando el Escarabajo con interés—. Hay mucho ladrón suelto.

—Ya, pero es que yo soy así. —Fue todo lo que se le ocurrió para salvar la situación. El plan podía desmoronarse si no se libraba de ese tipo con complejo de ayudar a los demás—. No se preocupe y gracias por el aviso.

—Te lo van a robar —insistió el desconocido—. Luego no digas que no te lo advertí. No seas tonto, chaval, y cierra la puerta.

El tiempo se acababa.

—¡La puerta se queda abierta! —gritó Carlos—. El coche ha hecho muchos kilómetros y está acalorado. Le conviene un poco de aire fresco.

—¡La juventud! A saber qué has estado haciendo toda la noche. Estás mal de la cabeza.

—Puede que sí, pero el coche es mío y se queda así. ¿Está claro?

El hombre le miró con dureza asombrado por la respuesta. Carlos apretó las mandíbulas. Al final el desconocido se marchó, murmurando algo que Carlos no llegó a oír bien, aunque captó con claridad la palabra «idiota».

Carlos comprobó que la puerta siguiese abierta y regresó a la habitación. Allí se desplomó sobre una silla junto a la ventana por la que los demás vigilaban.

—¿Alguien más ha tocado la puerta?

—No —dijo Lucas—. Alguno que otro se ha quedado mirando sorprendido, pero nada más.

—Creí que te ibas a pegar con ese hombre —le dijo su hermana en tono de reproche.

—No sabía cómo sacármelo de encima.

—¿Tienes que fumar ahora? —preguntó Lucas.

—Es que me ha puesto nervioso el payaso del coche —dijo Carlos, encendiendo un cigarrillo—. ¿Qué más te da? Nunca fumo en tu coche, que es lo que quieres.

Lucas se encogió de hombros.

—Al menos abre la ventana. No se puede fumar en esta planta.

Carlos abrió la ventana y sacó un brazo fuera para poder fumar.

—Hace frío —protestó Nuria.

—Son solo cinco minutos —repuso Carlos—. Os apartáis un poco y listo. Hay que ver cómo os ponéis por un...

—¡Ahí está! —gritó Lucas, extendiendo el brazo.

Carlos se sobresaltó por el grito de Lucas. Retrocedió involuntariamente y su codo golpeó la ventana. Se le escurrió el pitillo, que fue caer justo sobre la cabeza de un hombre gordo con una barba blanca muy larga.

Lucas tiró de Carlos y lo metió en la habitación.

—¡Maldito imbécil! —oyeron rugir al hombre gordo—. Asómate y da la cara, estúpido. ¡Asco de gente...! ¡Cobarde!

—Tengo que asomarme —dijo Lucas—. Estaba cerca del Escarabajo.

—Solo un segundo —dijo Carlos—. El gordo barbudo ya se va. También es mala suerte.

Y, en efecto, se fue. Los cuatro se acercaron a la ventana y observaron atentamente a su objetivo. Fueron varios segundos de pura tensión. ¿Funcionaría el plan? Ninguno pronunció una sola sílaba. Permanecieron quietos, petrificados, concentrados en lo que sus ojos veían. Entonces algo sucedió y quedó claro que el plan iba a resultar, como poco la primera parte. Suspiraron. Silvia entrelazó sus dedos entre los de Lucas y le agarró con fuerza.

Ahora venía lo más excitante de todo. Con suerte, lograrían averiguar de una vez por todas el verdadero propósito del Escarabajo. Esperaron y siguieron observando.

Y, de repente, ocurrió lo más inesperado e imprevisible. De todas las posibilidades que habían sopesado, ninguna se acercó a lo que presenciaron. Escucharon un golpe demoledor.

Lucas fue el que más tardó en volver a moverse. Sus amigos llegaron a preocuparse mucho al ver que el horror no se borraba de la expresión de su rostro.

—No lo comprendo... —dijo Lucas finalmente—. No tiene sentido... ¿Por qué?

Nadie supo contestar.

Claudia tenía pocas amigas. Dos, concretamente. Todos los domingos se reunían en un centro de masajes y disfrutaban de un relajante baño en un spa privado, de las dimensiones de una pequeña piscina.

Era la primera vez que Claudia acudía desde la muerte de Óscar. Debería haber esperado más tiempo. Sus dos amigas la bombardearon a preguntas y demostraron una preocupación excesiva por su estado de ánimo. No era lo que Claudia necesitaba, aunque bien mirado, tendría que pasar por ello antes o después. Contestó dándoles a entender que no volverían a tener ocasión de camuflar sus ansias de cotilleo en preguntas sobre su familia. Claudia sabía que la preocupación era sincera, pero al mismo tiempo conocía la curiosidad de sus amigas. La mezcla fue brutal. Claudia terminó su baño sin sentirse relajada. Mientras se vestía de nuevo, fue consciente de que estaba más agitada interiormente que antes de entrar en el spa.

El siguiente paso en la mañana de los domingos era un aperitivo. Lo disfrutaban en el restaurante de un lujoso hotel de la Castellana que quedaba muy cerca, en el que eran atendidas como reinas, sin duda, gracias a la cantidad de dinero que acostumbraban a gastar las tres amigas.

Salieron del spa y empezaron a caminar por la acera. Claudia estaba inmersa en sus propios pensamientos y apenas escuchaba la voz de sus amigas. Su mirada perdida se topó de repente con un hombre muy gordo que estaba unos metros más adelante. El individuo miraba hacia arriba de un modo extraño.

—¡Maldito imbécil! —rugió el hombre gordo—. Asómate y da la cara, estúpido. ¡Asco de gente...! ¡Cobarde!

—¿Con quién habla? —preguntó una de las amigas de Claudia.

—No lo sé —respondió la otra—. Pero parece muy enfadado.

El hombre barrió con la mirada el edificio que se alzaba ante él unos segundos. Luego giró sobre sus talones y se marchó malhumorado. Claudia no entendió la escena, pero le resultó llamativa la barba que lucía el hombre gordo, blanca y larga. Era el candidato perfecto para disfrazarse de Papá Noel en Navidad. Le siguió con la mirada un poco hasta que algo atrapó su atención de improviso.

Un destello metálico reflejado sobre una superficie negra y curva penetró en su campo de visión. Claudia percibió algo familiar en ese brillo. Lo conocía, lo había visto antes. Cerró un poco los párpados y colocó su mano a modo de visera para disminuir la cantidad de luz que la cegaba y poder enfocar mejor. Entonces lo vio. Era el Escarabajo de Óscar... O más bien de su sobrino. ¿Qué haría Lucas por allí?

Claudia no despegó los ojos del coche mientras se aproximaban. La puerta estaba abierta. No le sorprendió, Lucas no era muy cuidadoso, lo que la llevó a pensar de nuevo en por qué Óscar habría dejado su coche preferido a un familiar con el que apenas guardaba relación. Le recorrió un fugaz atisbo de rabia hacia su sobrino. No le importaba el Escarabajo, pero Lucas debería ser más considerado con un presente que había sido tan valioso para quien se lo entregó. Deslizó la mirada al interior del coche y casi se cayó al suelo al ver un objeto que pendía de una cadena, colgada del espejo retrovisor.

Era la alianza de Óscar. El anillo era inconfundible puesto que su diseño había sido encargado por ella.

—¿Estás bien, Claudia? —dijo una de sus amigas—. ¿Por qué te detienes?

—Adelantaos vosotras —contestó—. Yo voy enseguida.

—No tienes buena cara. Podemos esperar, no importa.

—¡No! —exclamó Claudia—. Estoy bien, de verdad. Id vosotras dos, yo tengo que hacer una llamada primero.

Sacó el móvil para reforzar sus palabras. Las amigas la contemplaron con el ceño fruncido, pero se fueron tras un corto lapso de indecisión. Por fin sola.

El Escarabajo con la puerta abierta y el carísimo anillo de Óscar colgando a la vista de cualquier maleante. No entendió cómo Lucas se había hecho con la alianza, pero era imperdonable que lo dejase allí, al alcance del primero que lo viese.

Claudia entró en el coche y se sentó en el asiento del copiloto. Alargó la mano y cogió el anillo. En efecto, era el de Óscar. Hasta el último momento, había rezado para estar equivocada, pero no lo estaba.

La puerta se cerró de repente. Claudia se extrañó un poco, juraría que ella no la había tocado. Seguramente la habría empujado sin darse cuenta algún peatón despistado. Agarró el tirador e intentó abrirla en vano, se había atascado. Empujó con el hombro varias veces pero fue inútil. Se tumbó sobre el asiento del conductor y probó con la otra puerta. El mismo resultado. Empezó a alarmarse. Inmediatamente se reprendió a sí misma por su pequeño acceso de pánico. Estaba en medio de una calle muy concurrida, así que podría pedir ayuda a cualquiera de las personas que pasaban por la acera y la sacarían de allí. O llamaría a su sobrino para que le abriese la puerta, y así podría preguntarle de dónde había sacado el anillo de Óscar, de paso le haría un par de sugerencias sobre cómo tratar algo tan valioso. Sí, esa era la mejor idea.

Empezó a pulsar las teclas del móvil. La guantera se abrió de improviso y la tapa golpeó su mano provocando que se le cayese el teléfono. Claudia iba a recogerlo cuando sus ojos se posaron sobre unos documentos que sobresalían de la guantera.

Había una fotografía. Salía ella y... No, no podía ser. El mundo se detuvo en ese preciso momento. El sonido se apagó de repente y los colores se degradaron hasta desaparecer. Claudia veía todo en blanco y negro. El interior del coche se encogió y experimentó serias dificultades para respirar. Leyó con atención el documento que acompañaba la foto aunque ya conocía su contenido.

El miedo provocó una reacción explosiva. Descargó puñetazos con todas sus fuerzas contra los cristales de las ventanillas. Tenía que salir del coche. La lluvia de puñetazos no cesó hasta que Claudia captó un movimiento por el rabillo del ojo izquierdo, muy cerca de ella.

Era el volante. ¡Giraba por sí solo a la derecha! Su mente se bloqueó. Maniobrando con soltura, el Escarabajo salió del aparcamiento. Pero no fue muy lejos.

Claudia notó cómo su cuerpo se aplastaba contra el asiento por el brutal acelerón del Escarabajo. El coche salió disparado en línea recta, recorrió cincuenta metros y se estrelló contra la pared de un edificio. Claudia salió despedida a través del cristal.

Murió en el acto.

9

El comisario Torres dejó caer sobre la mesa una carpeta llena de papeles que asomaban por los laterales, arrugados entre las gomas. Luego sacó algo del bolsillo, con mucha calma, y lo examinó detenidamente.

Tenía forma rectangular y lo mantenía parcialmente oculto con su mano derecha. Torres deslizó el dedo y apretó un botón.

Lucas escuchó un clic.

—¿Es una grabadora?

El comisario alzó la cabeza y clavó en Lucas sus ojos desiguales, como si no se hubiera dado cuenta de su presencia hasta ese momento.

—No. Es un móvil de última generación. —Torres se lo mostró. Lucas asintió, indiferente—. Relájate. Esto es solo una charla informal.

Una mentira para empezar. Lucas había visto muchas películas de policías y cuando una persona estaba sola en una sala de una comisaría, cuyo único mobiliario consistía en una mesa y una lámpara, no era para nada bueno. Le iban a interrogar. La única diferencia con las películas era que no había un espejo que permitiese a los demás policías observar desde el otro lado. Seguramente, Torres empezaría suave y luego llegaría un compañero con actitud amenazadora. Aunque eso implicaría que Torres era el poli bueno y su aspecto invitaba, más bien, a pensar lo contrario. Era una persona demasiado seria, con una mirada imposible de desmenuzar gracias a su ojo de cristal. Lucas no creyó que pudiese llegar a sentirse cómodo en su compañía.

—Quiero enseñarte algo antes de hacerlo público —dijo Torres—. Puede que te interese.

—¿De mi tía Claudia?

—Y de tu tío Óscar. —Torres retiró las gomas de la carpeta y empezó a rebuscar entre los documentos—. Verás, me resulta curioso que no me hayas preguntado por el motivo de la muerte de Claudia.

Era una insinuación clara de que el comisario no se fiaba de él.

—Se suicidó —dijo Lucas—. No soportaba la pérdida de su marido.

Era importante que Torres obtuviese una respuesta que le dejara satisfecho. La verdad no podría aceptarla, apenas podía él mismo. Lo que era evidente es que no podía contarle a un policía que su tío Óscar había asesinado a su propia mujer desde el más allá, valiéndose de una sesión de espiritismo. Tenía que apoyar la única versión creíble que había aceptado todo el mundo. Solo él, Carlos, Nuria y Silvia sabían la verdad.

—Es posible. Pero tal vez haya otra explicación.

Lucas intentó no mostrar sorpresa ante esa afirmación. ¿En qué podía estar pensando Torres? En la verdad no, eso seguro.

—Usted dirá.

Torres seguía buscando entre los papeles sin mirarle a la cara.

—El caso es que hubo algo raro en su muerte. —Lucas notó que el comisario no mencionaba el suicidio; tampoco el asesinato. Se mantenía incómodamente neutral—. Según algunos testigos, Claudia estaba en el asiento del copiloto. La trayectoria a través de la luna del Escarabajo y la posición en la que la encontraron, coinciden con esa suposición. Un poco extraño.

—¿Cree que había alguien más conduciendo el coche?

—No. Demasiada gente acudió en cuanto se estrelló. Alguien hubiese visto al conductor alejarse si hubiera habido uno.

—Entonces, los testigos se equivocaron al indicar el asiento en el que estaba mi tía, y quien analizase el accidente no estaría muy fino. ¿O cree que el coche se mueve solo?

—Es tu coche. Supongo que eso habría que preguntártelo a ti.

Torres hablaba pensativo, despreocupado, y continuaba sin mirarle. Lucas no sabía qué responder. Era una pregunta absurda. ¿Cómo reaccionaría una persona normal? Necesitaba camuflar el hecho de que el Escarabajo sí se movía solo, o mejor dicho, sin ser conducido por nadie del mundo de los vivos. Tal vez debería mostrarse indignado por la pregunta, o enfadado. ¿Cómo reaccionaría si alguien le preguntase si puede volar?... No se lo tomaría en serio.

—Más bien, era mi coche. No quedó mucho de él. ¿A qué viene lo de que se mueve solo? Es absurdo.

—No lo sé. Tú has sido el que lo ha sugerido.

Era cierto. Lucas repasó sus palabras y comprobó que él había mencionado tal posibilidad. Torres se limitaba a dejar fluir la conversación. Debía poner más cuidado y controlar sus nervios.

—Creí que iba a enseñarme algo.

—Aquí está. Encontramos una foto y un documento en el interior del coche —dijo Torres. Dejó unos papeles sobre la mesa boca abajo. Lucas no imaginaba qué podían ser, él no había llevado ninguna foto al coche. Sería algo de Carlos o de su hermana—. Antes de enseñártelo, me gustaría preguntarte qué hacías tú allí el domingo.

No era la primera vez que contestaba a esa pregunta. Tenía la respuesta acordada con Silvia y no había problema, pero le irritaba que se la siguiesen haciendo. Era otro indicador de que sospechaban algo de él. Con toda seguridad, contrastaban las respuestas para ver si se equivocaba y variaba algo de una a otra. Lo malo era que no se podía negar a responder. Un inocente no tiene nada que ocultar.

—Reservé una habitación en un hotel para pasar la noche con mi novia.

—Es verdad. Silvia, ¿no es así? Ya veo, lo raro es que está lejos de vuestras casas y del bar al que dijisteis que fuisteis después del cine.

—¿Y qué si está lejos? No queríamos que nos viese nadie.

—Entiendo. ¿Cuál es el problema de que os vean? Sois mayorcitos.

Lucas tardó un poco en responder.

—Eso es cosa nuestra. ¿Por qué tanta preocupación con dónde estaba? ¿Acaso no fui el que avisó a la policía? ¿No contesté a todas vuestras preguntas?

—Por supuesto. Cálmate. Es solo rutina. Tú eres el dueño del coche en el que ocurrió el accidente y tengo obligación de comprobarlo. Eso es todo.

Eso no era todo, había algo más. Lucas empezó a ponerse nervioso. Por muy increíble que pudiera ser, aquel condenado policía pensaba que él había tenido algo que ver con la muerte de su tía. ¡Lo que le faltaba! Que le acusaran de cometer un asesinato perpetrado por un muerto. Era para echarse a llorar. Sin embargo... era imposible. No había modo alguno de que tuviese pruebas. Pensara lo que pensara, Torres no podría probarlo porque no había sucedido de ese modo. De nuevo se obligó a tranquilizarse. Se estaba confundiendo a sí mismo y no tenía nada que temer... ¿O sí?

Aún no sabía qué eran esos papeles que habían encontrado dentro del Escarabajo.

—Bien, esta es la foto que quería enseñarte —continuó Torres—. La que hallamos en el interior de tu coche. ¿La habías visto antes?

Lucas la tomó, intrigado, y la estudió a toda prisa. No la había visto jamás, ni siquiera era suya. Era una foto de Claudia. Estaba en un parque con un niño pequeño que... sí, parecía ser Sergio cuando tenía unos siete años. Estaba sentado en un columpio y un hombre le empujaba desde atrás. El desconocido sonreía a Claudia.

—No, no es mía. ¿Seguro que estaba en el Escarabajo?

—Completamente. ¿Les reconoces?

—Creo que el niño es mi primo Sergio. —Torres asintió—. Ella es mi tía Claudia y el otro no sé quién es.

Torres tardó en contestar. Pareció evaluar la respuesta en busca de signos de una posible mentira. Lucas maldijo internamente el ojo de cristal del comisario, que hacía imposible reconocer expresión alguna en su mirada.

—Se llama Hugo Díaz —dijo Torres—. Es un monitor de tenis de un club privado.

—¿Qué hacía mi tía con él?

—Eso lo explica el otro documento que hallamos. Es una prueba de paternidad.

Ahora Torres estaba estudiando el rostro de Lucas con todo el descaro del mundo. Sus dos ojos estaban perfectamente alineados y le atravesaban, implacables. El comisario permaneció a la espera, totalmente inmóvil y en silencio. Lucas notó la presión inmediatamente. Se sintió intimidado. Intentó ignorar a Torres y concentrarse en lo que había dicho.

Tardó más de lo normal en ver la relación.

—Sergio no es... ¿hijo de Óscar?

—En efecto. Su padre es Hugo, el de la foto.

De pronto, tenía sentido, mucho sentido. Lucas sabía que su primo llevaba entrenando al tenis desde los cuatro años, y que nunca llegaría a ser un profesional que justificase contar con un entrenador personal. Todo se basaba en un empeño de Claudia en que su hijo practicase ese deporte... para que estuviese con su padre.

—¿Y Rubén?

—No hay razones para pensar que no. Creemos que Rubén sí es hijo de Óscar. Una prueba lo confirmará.

Le costó absorber la información. Menuda sorpresa. Eso explicaba por qué siempre le habían parecido tan diferentes sus primos. Y, todo sea dicho, Sergio siempre le cayó mal. El asunto cobraba una nueva dirección. Si Sergio no era hijo de Óscar...

—¡El testamento! —dijo Lucas—. Eso significa que a Sergio no le corresponde su herencia.

—Eso lo discutirán los abogados, que para eso están. Pero tienes razón. Ese es el móvil del asesinato.

—Suena razonable. Es el típico... —Lucas se quedó sin respiración—. ¿Asesinato? ¿De qué está hablando? ¿Cree que Sergio mató a Claudia? ¡Qué estupidez! Ah, no, claro..., creen que fue el tal Hugo ese. Podría ser, pero...

—Frena un poco —le cortó Torres—. Te has acelerado y has empezado a sacar conclusiones antes de tiempo. La prueba de paternidad es cara y es fácil rastrear quién la solicitó. Fue tu tío Óscar.

—Pero eso significa... que Óscar se enteró de la infidelidad de Claudia... Y por eso...

No se atrevió a terminar la frase. Eran familiares suyos, no extraños ni actores de una película de intriga, aunque a la vista de esos datos le parecían unos completos desconocidos.

—Por eso le mataron —acabó Torres—. Para evitar que cambiase el testamento y dejase a Sergio fuera y, probablemente, para que no la abandonase a ella.

—¡Claudia! ¿Fue ella? —le preguntó Lucas, asqueado.

—La misma —confirmó Torres—. Hemos verificado una transferencia de dinero que hizo para pagar a la persona que manipuló los frenos del coche de Óscar. Detuvimos al cómplice y...

Lucas perdió el hilo de la conversación. La voz

del comisario fue desvaneciéndose pausadamente hasta convertirse en un murmullo ininteligible. A Lucas ya no le interesaban los detalles del caso. Torres tenía sus dudas, pero él lo comprendía todo a la perfección. Había sido una venganza de su tío Óscar. Hubiera dado cualquier cosa por poder borrarse la memoria y olvidar ese asunto. Aunque entendía los motivos de Óscar, sintió un repentino rechazo hacia él por haberle manipulado. Nadie lo descubriría nunca, dado el modo sobrenatural en que se habían comunicado, pero Lucas lo sabría. Sería perfectamente consciente de que había intervenido, involuntariamente, en el asesinato de su tía.

Decidió apartar esas ideas de su cabeza. Solo le preocupaba una cosa: su padre.

—No puede sacar esa información a la luz —dijo Lucas de improviso—. Mi padre no necesita saber que su hermana era una asesina y que engañó a su familia. Total, ya ha pagado con su... suicidio.

—Te entiendo, Lucas. Pero es una prueba que estaba en el escenario de la muerte de Claudia, y conlleva otras implicaciones personales, legales y económicas. Sergio podría estar heredando algo que no le corresponde.

—Tal vez sí le corresponda. Óscar le crio, puede considerarse como un hijo de verdad para él.

—Es posible que tengas razón, pero yo no lo puedo decidir. Lo hará un juez. Entenderás que no es posible ocultar estos documentos, aparte de que ya están registrados y en conocimiento de mucha gente.

Lucas asintió cabizbajo. Su ánimo se desplomó. Le esperaba un periodo muy triste, la familia no volvería a ser la misma. ¿Cómo reaccionarían Sergio y Rubén? ¿Y su padre? Era todo muy complicado y solo él sabría que Claudia no se suicidó.

—¿Puedo irme ya?

—No puedo ni quiero retenerte, Lucas —dijo Torres con recelo—. No hay nada en tu contra, pero no negarás que algo no encaja. Yo no puedo probar nada, pero me gustaría saber cómo te hiciste con el anillo y con esos documentos, y si de verdad no son tuyos, cómo fueron a parar al Escarabajo.

A Lucas también le gustaría entender un montón de cosas relacionadas con este caso, y sabía que nunca lo conseguiría. Torres no se moriría por quedarse con alguna duda.

Lucas se despidió del comisario con aire ausente. Se dio cuenta de que la carga de no poder comentar lo sucedido con los demás era muy pesada y que la iba a arrastrar durante el resto de su vida. Ocultarle la verdad a su familia, tras los drásticos cambios a los que inevitablemente se iba a ver sometida, no iba a ser agradable. Pero no existía alternativa. Solo había tres personas con las que podía compartir esa experiencia.

Y ya era hora de reunirse con ellos.

—No tienes buena cara, Lucas —dijo Carlos cuando Lucas entró en la cafetería donde le esperaban sus amigos—. ¿Qué te ha dicho la policía?

—No le agobies, plasta —dijo Nuria—. Déjale respirar. Ven, Lucas. Te hemos pedido un zumo.

Silvia no dijo nada. Le agarró por la mano y le invitó a sentarse a su lado. Lucas lo hizo encantado, le dio un par de sorbos al zumo y luego les relató la conversación que acababa de mantener con el comisario Torres.

Como era de esperar, todo un desfile de expresiones fue exhibiéndose en las caras de sus amigos. No era para menos; Lucas aún se resistía a creerlo.

—No te preocupes por ese policía —dijo Carlos en cuanto Lucas terminó de hablar—. Es imposible que sepa la verdad. Nadie puede, así que olvídalo.

—No es eso lo que te preocupa, ¿verdad, Lucas? —dijo Nuria—. Te sientes culpable. Mi hermano es un insensible que no se da cuenta de nada.

Lucas miró a Nuria, impresionado. Ella había entendido mejor que él mismo cómo se sentía.

—Algo así... Se lo mereciese o no, Claudia está muerta porque yo ayudé a Óscar a...

—Eso no es verdad —le cortó Silvia—. No sabíamos que planeaba matarla. Era imposible deducirlo.

—Hasta yo estoy de acuerdo con tu novia —dijo Carlos—. Mira, es casi imposible aceptarlo para nosotros, que lo hemos vivido en directo, como para haber previsto lo que iba a suceder. No es culpa tuya.

—Lo sé —dijo Lucas—. Es tal y como decís, pero no puedo evitar sentirme mal. Imagino que se me pasará con el tiempo.

—Creo que por eso te envió el coche a ti en vez de a uno de tus primos —añadió Silvia pensativa—. Óscar no quería que sus hijos tuviesen nada que ver con la muerte de su propia madre. Lo planeó todo, estoy segura. Por eso no te lo contó, Lucas. Te hizo creer que iba a despedirse de su mujer porque si te contaba la verdad, te convertiría en un cómplice de asesinato y tal vez te negases a ayudarle.

Aquello sonaba bastante bien. Después de todo, su tío Óscar lo había dispuesto de ese modo para protegerle. Tal vez no, pero la idea le ayudó a sentirse reconfortado y decidió que así había sido.

Logró relajarse poco a poco. Después de un rato, consiguió sonreír con los comentarios de Carlos. Su hermana tenía razón, Carlos no era un tipo muy sensible, pero era un genio cambiando de tema y animando una conversación, que era justamente lo que

Lucas necesitaba en aquel momento. Deseó quedarse allí, con ellos, y reír y distraerse durante el máximo tiempo posible, pero debía regresar a casa. Su padre le necesitaría.

Al salir a la calle, Lucas se quedó mirando fijamente un punto distante con gesto preocupado.

—¿Te ocurre algo, Lucas? —preguntó Silvia.

—Pues claro que sí —dijo Carlos—. Y yo sé lo que es. ¡Bienvenido de nuevo al mundo del transporte público de Madrid!

Carlos había acertado.

—Una verdadera lástima —suspiró Lucas—. Echaré de menos el Escarabajo... Creo que cogeré un taxi.

Epílogo

—¡Eres un tramposo de mierda! —gritó Ignacio, dando un puñetazo sobre la mesa.

Las cartas, las fichas y un par de vasos, que aún estaban medio llenos, salieron despedidos como consecuencia del golpe. Dos chicas que observaban la partida desde cerca con mucho interés dieron un paso atrás, pero no lo bastante rápido para evitar que sus pantalones acabasen bañados de cerveza.

—Hay que saber perder —dijo Carlos muy relajado. Se echó hacia atrás hasta quedarse apoyado solo sobre las patas traseras de la silla—. Muy mal. Ese no es un comportamiento deportivo.

—Qué sabrá un vulgar tramposo como tú —escupió Ignacio, indignado.

Carlos se encogió de hombros.

—Probablemente, nada. Pero a menos que puedas demostrar que he hecho trampas, será mejor que cierres la boca.

Ignacio lanzó un juramento y se levantó de mala manera. Su compañero le siguió en silencio.

—Creo que no nos van a dar la mano para felicitarnos por nuestra victoria —dijo Lucas.

—No importa —asintió Carlos—. Somos los campeones de mus... ¡Y eso es lo que cuenta!

Carlos se levantó como un resorte y empezó a comentar con los presentes su triunfo. La final había resultado ser muy fácil. Apenas necesitaron recurrir a las señas falsas. Ganaron tres a cero, sin dificultades de ningún tipo. Carlos tuvo casi toda la partida unas cartas excepcionales. No eran tan escandalosas como en la semifinal, que había ganado sacando cuatro reyes, pero para el entendido, sus cartas eran mucho mejores en esta ocasión, a pesar de ser jugadas más flojas. El truco estaba en que Carlos siempre tenía un poco más que sus adversarios, no mucho, solo lo justo para ganar. Lucas entendió que Ignacio creyese que Carlos hacía trampas, él mismo no estaba seguro al respecto. Volvió a prometerse preguntarle a su amigo en cuanto tuviese la ocasión.

Lucas se sintió feliz por Carlos. Le contempló

unos instantes recibir felicitaciones y derrochar falsa modestia mientras explicaba sus jugadas. Estaba tan hinchado por el triunfo que iba a reventar. La mayoría de los que estaban en la cafetería eran amantes del mus que habían acudido a ver la final, no había un ambiente mejor para Carlos. Lucas celebró brevemente la victoria y en cuanto pudo se deslizó a la barra y dejó que los devotos del mus se divirtiesen capitaneados por Carlos.

—Veo que habéis ganado —dijo Silvia.

Venía acompañada de Nuria. Se sentaron a su lado y pidieron unas cervezas. Nuria miró a su hermano con una mueca de desaprobación. Carlos estaba siendo transportado en brazos por varios chicos.

—Y que ese elemento lleve los mismos genes que yo... —suspiró con tristeza—. Mira, Lucas. He venido a enseñártelo. ¿Te gusta?

Lucas no pudo evitar fruncir el ceño levemente al ver el libro de espiritismo que descansaba en las manos de Nuria.

—Pues no sé qué decirte la verdad. No es un tema que me apasione... al menos de momento.

—Pero ¿qué dices? —preguntó Nuria—. Después de lo que nos ha pasado. Silvia, dile algo. Tenemos que volver a probar. Es evidente, ¿no?

—Esta niña es que no aprenderá nunca —dijo

Carlos, agarrando a su hermana por la espalda y levantándola en el aire—. Mucha intuición pero ni un gramo de sentido común.

—¡Suéltame, payaso! —protestó Nuria. Lucas y Silvia se rieron. Carlos la dejó en el suelo—. Tú dedícate a las cartas que es lo único que se te da bien...

—Hay que ver el genio que tiene la mocosa... —le cortó Carlos.

Los dos hermanos es enzarzaron en una de sus discusiones. Tanto Lucas como Silvia perdieron el interés en ellos con mucha rapidez, se apartaron un poco y se acaramelaron en un extremo de la barra, pegados a la pared.

Lucas la miró fijamente, acercó su boca a la de ella y cerró los ojos. Antes de llegar a besarla, notó un golpe fuerte en los riñones. Arqueó la columna vertebral en un acto reflejo y se encontró con un codo clavado en la espalda.

—Le ruego me disculpe —dijo una voz muy familiar—. Estoy buscando a un joven y tengo ciertos problemas para ver... Nada serio pero me temo que...

—¿Tedd? ¿Es usted? —preguntó Lucas, asombrado.

Era el último lugar en el que esperaba encontrarse con aquel anciano ciego. Lucas le observó, intrigado. Lucía el mismo aspecto que la última vez que le vio. Fue... ¡En la lectura del testamento! Llevaba el pelo blanco y largo recogido en una coleta, se apoyaba en su bastón negro y sus ojos seguían ocultos tras el velo blanquecino que los recubría.

—Lucas, muchacho —dijo Tedd muy contento. Las arrugas de su rostro dejaron sitio a una sonrisa muy amplia—. Cuánto me alegro de verte.

El anciano movió la cabeza en todas direcciones como si le estuviese buscando. Lucas se apresuró a tomarle de la mano.

—Estoy aquí, Tedd —dijo, agachándose un poco frente a él.

—Eso ya lo veo —gruñó el anciano—. ¿Acaso piensas que estoy ciego?

Tedd dio un paso adelante y tropezó con una banqueta que estaba fijada al suelo. Lucas le sostuvo pero no dijo nada.

Silvia contemplaba la escena fascinada.

—¿Quién es esta preciosidad que te acompaña? —preguntó Tedd de repente.

Lucas no entendía cómo podía saber que Silvia estaba allí y no ver la banqueta con la que acababa de chocar. Si estaba ciego.... Tal vez solo a medias... o lo fingía, claro que de ser así, ¿con qué propósito? Era absurdo.

Mejor dejarlo. Nunca lo sabría.

—Silvia, te presento a Tedd. Un viejo amigo de la familia.

—¿Qué insinúas con lo de viejo, muchacho? —protestó Tedd.

El anciano levantó la mano que no usaba para apoyarse en el bastón y empezó a moverla por el aire. Silvia calculó la trayectoria y puso su mano de modo que la de Tedd chocase contra la de ella en su próximo balanceo. El anciano la agarró y depositó un beso sobre ella.

—¿Qué está haciendo aquí, Tedd? —preguntó Lucas.

Era absolutamente incapaz de imaginar el motivo.

Tedd soltó la mano de Silvia y volvió la cabeza hacia él con un movimiento brusco. Sus velados ojos no apuntaban a donde estaba Lucas, más bien erraban por un par de palmos, pero el anciano habló con tanta determinación que Lucas dio un paso a un lado y se colocó en la trayectoria de su visión imaginaria, por si alguien les miraba.

—Menuda pregunta, muchacho —dijo Tedd con desdén—. He venido a verte a ti, naturalmente. ¿Qué otra cosa podría yo hacer aquí? Mi época de estudios ya pasó.

El anciano dejó escapar una débil risa entre sus

labios agrietados, como si no pudiese evitar reírse de un chiste.

—Pues aquí me tiene —dijo Lucas—. ¿Qué puedo hacer por usted?

—Es algo muy sencillo —dijo el anciano—. En realidad necesito que me devuelvas las llaves del Escarabajo, muchacho.

Silvia se atragantó y estuvo a punto de escupir la cerveza. Lucas dudó durante un segundo, como si no estuviese seguro de haber oído bien. Lo malo es que había oído perfectamente. Alto y claro.

—Pero si... El Escarabajo quedó convertido en chatarra tras el accidente —dijo Lucas—. Me dijeron que era imposible arreglarlo.

—¿Accidente? —murmuró Tedd—. No recuerdo ninguno. En fin, ¿vas a darme esas llaves o no, muchacho?

Lucas recordó el día en que le entregaron el coche, tras leer el testamento. Tedd le había insinuado que había una razón para que él lo tuviese. También le contó que se lo había regalado a Óscar, luego era el propietario original del Escarabajo. La verdad fue tomando forma en su mente lentamente.

—Usted arregló el testamento para que yo heredara el coche —le acusó Lucas.

—¿Cómo dices, muchacho? —Tedd sacudió la

cabeza—. Bendita juventud y su imaginación. Yo no puedo alterar documentos oficiales registrados ante notario.

Sí que podía. Lucas no sabía cómo, pero así era. Nunca había estado tan convencido de algo como ahora. Tedd no lo admitiría pero le había entregado el coche y ahora se lo iba a llevar. Lucas no dudó ni por un instante que podía repararlo. Le atravesó la idea de quedarse con él. El Escarabajo era suyo, de nadie más. Metió la mano en el bolsillo de la cazadora y apretó las llaves con fuerza. Ni siquiera recordaba que las llevaba encima.

Y entonces lo comprendió todo.

—Sí. Le daré las llaves —dijo con suavidad.

—¿Por qué se lo devuelves, Lucas? —preguntó Silvia—. El coche es tuyo.

—Ya no —explicó Lucas muy serio—. Solo era un préstamo para cumplir un propósito concreto.

Lucas sacó las llaves y las agitó en el aire. Tedd volvió la cabeza y esta vez sus ojos sí apuntaron directamente a su objetivo, alargó la mano y tomó las llaves.

—Al fin lo has comprendido, muchacho —dijo Tedd, satisfecho—. Tal vez volvamos a vernos. Cuídate.

Lucas lo dudaba seriamente, pero era un pensamiento agradable. Agarró a Silvia y se la llevó a donde estaban Carlos y su hermana, que no habían acabado aún de discutir. Puede que por fin lograse dar un beso a Silvia sin que nadie le interrumpiese.

El anciano le dedicó una mirada larga, luego salió de la cafetería ayudado de su bastón. Una limusina paró delante de él y Tedd se subió.

—¿Cómo vamos de tiempo?

—Algo justos pero llegaremos —contestó el chófer.

Media hora más tarde, la puerta de la limusina se volvió a abrir y el bastón de Tedd se apoyó en la acera. El anciano bajó despacio y entró en el recinto del tanatorio.

La sala número cinco no estaba tan llena de gente como las demás. Los presentes miraron con curiosidad al pobre ciego que caminaba solo hacia la puerta. Un chico de unos diez años se acercó y dijo con mucha educación:

—¿Quiere que le ayude, señor?

—Con mucho gusto, muchacho —respondió Tedd.

Se agarró al codo que le ofrecía el niño y se dejó guiar al interior. Tedd se sintió extrañamente cómodo en compañía de aquel chico. Todo era más fácil, incluso tenía la sensación de poder caminar más deprisa.

Llegaron al interior de la sala y el chico le soltó.

—Has sido muy amable, muchacho —dijo Tedd—. ¿Cómo te llamas?

—Todd —contestó el niño.

—Curiosa coincidencia, y bonito nombre... Me gusta —dijo Tedd para sí mismo—. Tengo un asunto urgente pero luego me gustará charlar contigo y agradecer el bello gesto que has tenido.

El niño asintió, divertido, y se fue. Tedd fue hasta la ventana que daba a la estancia donde estaba el ataúd con el difunto y le observó detenidamente unos segundos, luego se acercó a uno de los sofás dónde una mujer mayor sollozaba en los brazos de un hombre.

Tedd tropezó con una mesa pequeña que estaba en medio de la estancia y estuvo a punto de caer al suelo. El hombre se levantó a toda prisa y le ayudó a conservar el equilibrio.

—Muy amable, buen hombre —dijo Tedd, sentándose en el lugar que se había quedado libre—. De no ser por usted... —El hombre hizo amago de decir algo—. ¿Cómo está mi querida Gema?

Gema alzó la cabeza con esfuerzo y dejó a la vista dos ojos marrones sumergidos en lágrimas. Tenía el rostro desencajado por el dolor.

—Oh, Tedd —dijo abrazando al anciano y rompiendo a llorar de nuevo.

Tedd aguardó pacientemente a que se desahogara.

—Tranquila, querida. Según tengo entendido, Mario murió en el acto, sin sufrir.

—Sí —confirmó Gema—. Fue tan... injusto. Íbamos a celebrar nuestras bodas de plata.

Una vena reventó en el cerebro de Mario y le fulminó. Ocurrió en su despacho, su secretaria le encontró tirado en el suelo. Una auténtica tragedia.

—Seguro que lo superarás —dijo Tedd—. Eres una mujer excepcional. Hace años que no nos veíamos pero no has cambiado. Aún percibo tu fortaleza interior. Te mereces lo mejor.

Gema se quedó muda de asombro. Tedd había desaparecido. Estaba a su lado y de repente el sofá estaba vacío. ¿Cómo era posible? A lo mejor...

—Esto es para ti, querida —dijo Tedd.

Gema se volvió y encontró a Tedd a su derecha. ¿No estaba hacía un segundo a su izquierda? Se olvidó de eso y cogió la espléndida rosa de tallo largo que Tedd le ofrecía. Era de color amarillo, muy llamativa.

—Muchas gracias, Tedd. Lo que más me duele... —Gema necesitó una pausa para recomponerse antes de proseguir. Hablaba con muchas dificultades, con la respiración agitada debido al llanto. La rosa temblaba en su mano—. Mario me envió un regalo por nuestras bodas de plata. Recibí un paquete con una carta pegada. Había una nota que decía que no lo abriera hasta esta noche. ¡Y eso hice, maldita sea! —Tedd escuchó con atención sin interrumpirla—. Dejé la carta sobre la mesa y me fui a la peluquería. Quería estar guapa... ya sabes... Al regresar mi asistenta la había tirado a la basura por error, con el resto de la propaganda. ¿Lo entiendes ahora, Tedd? ¡Eran las últimas palabras de Mario y ya nunca sabré lo que decían!

—Yo no estaría tan seguro —dijo Tedd. Sacó las llaves del Escarabajo del bolsillo y las depositó en la mano de Gema—. Esto no es más que un humilde obsequio para ver si logro animarte —Gema le miró sin comprender—. Oh, no me lo agradezcas y confía en mí, ese coche te gustará. Nunca nadie se ha quejado de tenerlo en su poder, más bien, al contrario. Todos quieren quedárselo, pero eso no sería justo. En cualquier caso, es tu turno, querida.